越地诗章散文集

邢增尧 著

中国书籍出版社
China Book Press

图书在版编目（CIP）数据

越地诗章散文集 / 邢增尧著. -- 北京：中国书籍出版社，2021.11
ISBN 978-7-5068-8824-0

Ⅰ.①越… Ⅱ.①邢… Ⅲ.①散文集－中国－当代
Ⅳ.① I267

中国版本图书馆 CIP 数据核字 (2021) 第 238735 号

越地诗章散文集

邢增尧　著

图书策划	尹　浩
责任编辑	李　新
责任印制	孙马飞　马　芝
装帧设计	闰江文化
出版发行	中国书籍出版社
地　　址	北京市丰台区三路居路 97 号（邮编：100073）
电　　话	（010）52257143（总编室）（010）52257140（发行部）
电子邮箱	eo@chinabp.com.cn
经　　销	全国新华书店
印　　刷	三河市顺兴印务有限公司
开　　本	787 毫米 × 1092 毫米　1/32
字　　数	160 千字
印　　张	7.625
版　　次	2021 年 12 月第 1 版
印　　次	2021 年 12 月第 1 次印刷
书　　号	ISBN 978-7-5068-8824-0
定　　价	58.00 元

版权所有　翻印必究

序

老城

《越地诗章》共计二十篇，篇篇浓重。

所谓越地，泛越之说，可以往南一直延伸至古代之交趾，于是，闽粤一带为核心，有百越之称。石家庄人赵佗建立南越国，都于番禺即今广州，逐步统一百越。然而，我们今天所称之越地，即以会稽山为核心的古越国，越都绍兴。

剡溪江畔右军墓，会稽山下禹王陵。

绍兴古称会稽，王羲之有言："会于会稽山阴之兰亭"。所谓会稽，就是会计，不过与今天财务会计完全不是一码事而已。相传大禹"会诸侯江南，计功而崩，因葬焉，命曰会稽"。大禹出生地多处相争，天下禹王陵只有一处——绍兴。这让绍兴光辉的历史确凿悠久到公元前夏朝时代，同时期，于越部落形成，亦即越国的前身。一千五百年之后，勾践"卧薪尝胆"的精神，激励着民族奋发，砥砺前行。越国国势日隆进而开疆扩土，一度让齐桓公忧心忡忡。绍兴！绍兴！大禹、勾践足以让绍兴的名字熠熠生辉。

翻开史碟，绍兴人杰，巅峰人物，几乎影响了中华民族的历史进程。

仅仅书法而言，天下唯一的书圣王羲之，书林散圣徐渭，唐草大家、诗人贺知章，当代书法大家马一浮，又有谁人敢不知呢！即使不以书法家相许的鲁迅，今天的报刊题名、牌楼匾额，宁可拼其字而成，也不让无笔之书滥竽充数。

从嵇康、谢灵运、陆游、王阳明、章学诚到蔡元培、朱自清、马寅初，巨人从越地出来，或诗或文，或史学或教育，无人不是中国文化的灯塔，他们的名字响彻九霄，辉耀中华大地。

站在巨人的肩膀上，让我们不至于迷惑失道。增尧文集选材，显然精当。光耀史碟的人物固然伟大，非同一般。然而，历史人杰为国人所熟谙，遴选为写作对象，稍有差池，便会诟病于文典的不通，重复史料亦在所难免。亦即，站在高处所带来的写作困境不言而喻。

所幸者，增尧生于斯，长于斯，耳濡目染。从受教育开始，便与光耀史碟的人物"朝夕相伴"。从轰隆九霄的人物中，窥见他们在众生中的楼台灶舍，亲历巨人留下的深刻足迹、丰厚的文化遗产。家乡的一砖一草，大街乃至小巷，仍然散发着古人浓厚的文化气息，留下永不磨灭的精神指向。反复观瞻，流连圣地，何不是古人之成就，今人之大幸。风吹落叶，细雨蒙蒙，何尝不是巨人的魂灵，召唤民族的振兴。即使故地的残垣断壁的影子，亦成微量元素，滋养着中华文明。

增尧一生致力于散文，作品见诸全国报刊。《越地诗章》选择越地划时代的伟大人物而抒发幽思与情怀，让我们读者有了更大的期待。

湖月照我影，送我至剡溪。

余与增尧兄相识于青年，如今已成翁，尚未一面。剡溪，虽以溪为名，却与南来的澄潭江和西来的长乐江会流而成。溪固然自古为小，然则汇集大江。剡溪九曲胜景，曲折迂回，万壑争流，众源并注，岂是一溪哉，以此绵绵之念，与增尧兄共勉。

公元 2020 年 9 月 16 日于石门后学斋

（作者系国家一级作家、原河北省文学院院长）

目录

CONTENTS

- 001 光阴里的怪圣
  ——范蠡
- 016 撕开雾霾织就的天幕
  ——王充
- 026 一千八百年前的夏日
  ——嵇康
- 037 书圣的风骨
  ——王羲之
- 044 半是曹植半李白
  ——谢灵运
- 056 时光深处的云淡风轻
  ——贺知章
- 067 氤氲千年的浩气
  ——陆游
- 089 怅憾东维子
  ——杨维桢
- 099 十年一觉龙场梦
  ——王阳明

109	寻觅青藤书屋之魂
	——徐渭
119	大明王朝的心结
	——刘宗周
129	梦寻前朝的一脉星光
	——张岱
140	历史的一面明镜
	——章学诚
148	四十年心力此中殚
	——李慈铭
158	仰望北大之父
	——蔡元培
167	越东女儿是天骄
	——秋瑾
178	字里行间的怀念
	——鲁迅
189	忧忡为国痛断肠
	——马寅初
198	花开正满枝
	——马一浮
209	佩弦先生的背影
	——朱自清
222	附录
232	跋

·光阴里的怪圣
——范蠡

静谧的夏夜。

风,不知躲到哪里去了。蒙蒙夜霭裹着溽气,以三十五摄氏度的体温,沿着高耸的杨树、沿着屹立的屋宇悄然而下,弥漫于庭院的每一株花草、每一份空间。置身石凳上的我,尽管已是休闲短裤、汗衫,可仍像泡在热水里的青蛙,一股烦躁戚戚之感缠满周身。

忽然,手机响了。一看,是海南作家朋友发来的语音,说把我撰写的几篇历史散文细细看了,觉着不错,问我,接着写谁?我说:"少伯。""哦!"他立马接口说:"是王城山上替越国留下火种的范蠡么?"我说:"是呀!"嘴上波澜不惊,心里却不由为范蠡他老人家感到欣喜:吴越争霸的大幕虽已早早落下,可范蠡的大名却仍能穿越历史的时空,铭刻在人们的记忆深处,无论山高水长,海角天涯抑或关隘迢递。

放下手机,我刹时感到一阵惬意,脑际也忽闪出王城山的胜景。仲春时分,我特意去过王城山——一个让人流连忘返而又回味无穷的地方。

王城山,会稽一脉,位处萧山城厢。它北控钱江,南制湘湖,坡陡峰高,地势险峻。放眼望去,山水之间,虽没了沙场的更声、甲兵的嘶喊,然那种超越了岁月阻隔的似虹气势,却依然让人豪放不羁壮怀激烈。我曾经沉思默忖:在王城山上,在敌军围困万千重中,范蠡为什么能力挽狂澜,使昏惨惨似灯将尽的越军将士虎口得生?又为什么能使忽喇喇似大厦倾的越国绝地反弹,重新以似椽之笔,浓墨重彩地书写出光耀古今的伟大诗页?范蠡的人生究竟是怎样的轨迹?

一

大千世界,物以类聚,人以群分。群分者,自有三、六、九等。哲人言:智慧超群,人格高尚,学养绝伦,即为上等。范蠡当属此列。

范蠡,字少伯,春秋时楚国宛地三户(今河南淅川县滔河乡)人。从小,对他寄予厚望的父亲就节衣缩食,将他领到名士百里长河处学习文武之艺。当时,楚王昏庸,佞臣当道,非贵族不得入仕担当重任。范蠡空有一身本事,却英雄无用武之地,惟有借酒浇愁、长歌当哭,不论昼夜。人们皆视他为怪人。宛令文种得悉此事,觉着有异,遂单人匹马前去拜访,却不得见。如是者三,始嗅到知音的芬芳。这出"三顾茅庐",比起刘备三请诸葛亮，足足领先了七百多年。

酒逢知己，将遇良才。范蠡、文种相见恨晚。凭着满腔热血，凭着政治家的激情，两人昼夜兼程，前往招贤纳才的越国，寻求"海阔凭鱼跃，天高任鸟飞"。

时光到了公元前494年，越王允常早已逝去，继任的是儿子勾践。他听说吴国昼夜练兵准备攻越，刻意先发制人，命令官宣召范蠡。范蠡见说，连呼"不可！"勾践说："三年前，吴国犯越，铩羽而归，吴王阖闾，命丧黄泉，夫差竖子，何足道哉！"范蠡劝说："大王，臣以为，此时非彼时也，彼时，先王刚刚去世，按理国家有丧，不得兴师，吴废礼侵犯，失却道义；越国军民，同御外侮，保家卫国，自是战而得胜。而今，吴国并未发生天灾，又无出现变乱，我们若首先挑起事端，前去攻伐，势必违反天道、地道、人道，届时……"，"一派胡言！"勾践怒吼吼打断范蠡申述，"你在都城念你的天道地道人道，看我得胜回朝吧！"说罢大袖一挥，让范蠡滚出宫去。

勾践率领大军深入吴境，及至太湖，吴军精锐尽出，震天杀声中，吴王夫差一船当先，左军伯嚭，右军伍子胥恍若出水蛟龙。越军虽拼死力战，怎奈师出无名，又久疏战阵，哪里抵敌得住，只得且战且退，一路下来，除了招架之功，再无还手之力。

溃至钱塘江边，越军将士精疲力竭，勾践传令下去，就地稍息。

一弯残月好像受过洗劫似的，颤巍巍爬上天空，被雨淋透的风，渗入须发，渗入肌肤，叹息声、呻吟声，此起彼伏。蓦然,"得得得得、得得得得"急鼓般的马蹄声破空而来。"啊!"惊呼声中,将士们一跃而起。但见乌烟瘴气的夜色中,两骑马挟着风势,似飞而来。眼尖的前哨渐渐看清,伏身马背、衣袂飘飘的竟是范蠡、文种。"上大夫来了!上大夫来了!"那份惊喜就像在阴霾中看到了明媚的阳光,在地狱口遇见了虚拟的天堂似的。范蠡、文种双双跃下马背,见此地势坦缓,无险可倚,便晋见大王,请勾践速速退往王城山,以求喘息之机。大军立即马不停蹄前去。

闻讯赶至的范蠡、文种,担起了救火队长的重任。在王城山上,身先士卒,伐木建寨,垒土筑城。将士见状,士气大振。待得跟踪追击的吴军发兵攻山,滚木、擂石、飞镖、响弩,从天而降,地裂天崩中,山野成了人间地狱,时光进入世界末日;残臂与断腿漫天齐飞,呐喊和惨呼震人耳膜,攥着长刀的拳头,血浆迸裂的脑袋……一切都在错位、变形。三天下来,吴军尸横遍野,血流成渠,再难前进一步。吴国宿将伍子胥见硬攻无望,命手下拎着一串鱼干送上山去,告诉越王,这就是你们的下场。范蠡亦让手下从山间水塘中捞起鲜鱼,盛在桶中,送到伍子胥营帐,表示,我们快活着呢,你就等到猴年马月吧!伍子胥见激将未成,又生一计。他一面禀告夫差,沿山依麓,筑堡屯兵,以铁壁合围之术将越军困住,一面抽调精兵,长途奔袭,截断越军物资通道,使越军山穷水尽。

山下旌旗在望,山头鼓角相闻。面对吴军的合围,越军弹渐尽粮渐绝。这天,勾践召集范蠡、文种并手下大将,苦议对策。范蠡首提"和议"。"夫差能肯?"勾践神色黯然。范蠡即道出"瞒天过海""借力打力"之计。上苍终于为中国历史设计了一出雄浑的悲剧。

夜，墨染似的；雨，翻江倒海；整个大地仿佛浮了起来。文种一身黑衣，连头部也包裹得严严实实，唯留下一双眼睛。他蛇行鹭伏，潜入吴营，屏气凝神绕过堡垒，避开哨兵，前往都城诸暨。

越王后接到文种报信，不及喘口大气，即选定宫女四对，黄金、珠宝，备车随文种急返战地。待"辚辚"车声远去，方点上一炉檀香，祷祝上苍保佑大王逢凶化吉，遇难呈祥。

吴军左营帐中，文种匍匐于地，口称"太宰在上"，双手将礼单擎过头顶，禀告求和之意。

伯嚭冷笑道："整个越国都将属吴，区区礼物，有何用哉！"

文种趋前一步，徐徐说道："越国虽败，然仍有死士五千，若舍命突袭太宰之营，鹿死谁手，尚未可知。今太宰若能周旋吴越之和，越自感恩不尽，届时自当岁岁来朝，年年进贡，奇珍异宝，绝色美女，未进王宫，先入宰衙，太宰天宏海量，德高望重，尽人皆知，还请三思……"

范蠡曾周游诸国，屡闻吴之伯嚭乃贪财好色之徒，今唯有投其所好，由他言于吴王，才可免灭顶之灾。文种自是心领神会。于是，诱之以利，动之以情，挠之以痒。伯嚭被恭维得昏天黑地。遂命手下藏好金银财宝，挑出美女两名，夤夜引文种前往中军帐，晋见吴王，使出浑身解数，讨吴王欢心。翌日清晨，伍子胥闻讯赶至。夫差已在香风中点下了高昂的头，伍子胥除了须眉倒竖，再无良策。

有人以为，伯嚭，作为吴国的最高行政长官，怎会轻易就失察了呢？其实，如果知晓《三国演义》中"失街亭"的故事，就一点也不会感到奇怪。当年，街亭是蜀、魏相争的战略要地，谁占有街亭，谁就有了胜机。为阻挡魏军，处事素来谨慎的诸葛亮在马谡的奉承和吹嘘下，一反常态，竟令言过其实的他防守街亭，最后铸成大错。面对糖衣炮弹，"智圣"孔明尚且难免失手，何况伯嚭乎？

二

五月二十日。越国都城诸暨，天低云垂，黑乎乎的云朵好像凝聚在楼房的顶层。沉沉气压憋得人喘不过气来；从乌云缝隙漏下的几丝阳光，没精打采地落在码头上，给默默地停靠着的几艘楼船平添了几分凄凉。

一辆车子到了，另一辆车子也到了……

一个长得匀实、眼眸闪着精光的人下来了，那是范蠡。他向着另一辆车上下来的大王勾践夫妇迎去，随后上船。依据和约，勾践夫妇须入吴为奴三年，以赎罪孽。勾践想带文种同去，范蠡却说"四海之内，百姓之事……蠡不如种也。四海之外，敌国之制，立断之事……种亦不如范蠡也。"愿代文种前往。明知山有虎，偏向虎山行，不为自己，只为国家，真是义薄云天。

吴王夫差，早闻范蠡大名，今范蠡成了阶下囚，想赦其罪，重其任，劝其归顺。范蠡却是惨笑，说："大王美意，我已心领，归顺，恕难从命。"夫差深以为怪，这是去灾祸而享富贵的好事呀，为何难从命呢？范蠡说："臣闻亡国之臣，不敢语政，败军之将，不敢语勇。臣在越不忠不信，今越王不奉大王命号，用兵与大王相持，至令获罪，君臣俱降，蒙大王鸿恩，得君臣相保，愿得入备扫除，出给趋走！"当一个人从道义上明白，应该做怎样的一个人，他的灵魂就注入了最大的从容和坚韧，就会抱元守一，矢志不移，任何诱惑都无法改变，这就是人格的魅力。夫差虽然愤怒，但也被他"一官不仕二主"的气节所动，爱屋及乌，对勾践也动了恻隐之心，全然忘了对敌人的仁慈就是对自己的残忍。

从此，勾践君臣一身麻布囚衣，赤脚草鞋，白昼铡草喂马，揩擦车辆，打扫马厩，深夜草棚歇息。夫差外巡，勾践牵马前行，范蠡随后伺候。而对沿途百姓的指指戳戳嬉笑怒骂，范蠡恍若未闻，就像达摩面壁，将此种种当作修炼真功的章节。平时，君臣开口大王恩重，闭口罪臣该死，唯更深夜静悄无一人之际，方密语一二。太宰伯嚭处，文种是一季一小送，一年一大送，乐得他忘了祖宗，忘了神明，忘了今夕是何夕。

我曾经叹息勾践君臣的一些作为，觉得太过卑躬屈膝。直到忆起《约翰·克利斯朵夫》的"题记"："真正的光明决不是永远没有黑暗的时间，只是永不被黑暗淹没罢了；真正的英雄决不是永远没有卑下的情操，只是永不被卑下的情操所屈服罢了。"才猛然清醒："耻辱者，勇之决也。"（司马迁语）

岁月递嬗，沧桑变幻。勾践君臣靠了寝苦枕块的艰辛，靠了刀口舔血的谨慎，靠了伯嚭事无巨细的照应，总算以"顺民"之名回归了故国。勾践一踏上这片魂牵梦萦的热土，周身就热血沸腾,他恨不得一刹那就让越国从沦陷走向新生。他召集范蠡、文种,谋划兴越灭吴大计。这可是一次翻天覆地的会议,一条条一宗宗无不具有里程碑式的意义——

及时迁都:从诸暨迁往会稽,"处平易之都,据四达之地",既记会稽之耻,又立霸王之业。

鼓励生育:人的因素第一,女十七,男二十,不婚嫁者父母受罚,生子二人,官养其一,生子三人,官养其二。

免除谷税:七年为期,短了,百姓不足,长了,国库受损⋯⋯

灭吴九策。由范蠡、文种衔命执行:一、尊天地,奉鬼神,求保佑,专信仰;二、厚礼送吴君臣,骄其心,灭其气;三、高价购吴粮,虚其积聚;四、进美女与吴王,乱其心,虚其体⋯⋯勾践更是去华服,除玉食,吃菜饭,着布衣;昼起尝胆,苦其心志;夜卧木床,劳其筋骨。消息一出,朝野震动,先是火星四溅,继之燃遍大地。

范蠡还遵旨,令善相者,遍历国中,寻访美人,画影图形。筛选再三,终得绝色两人,一曰西施,一曰郑旦,均为苎萝山下采薪、浣纱少女。禀告大王勾践定夺。

勾践小心翼翼打开西施画卷,刹时,一股清香伴着晨光漾在眼前,她像一泓秋水,澄澈却难见其底,又像一株幽兰,静谧而难穷其魅⋯⋯勾践"呵!"了一声,便呆在那里,半晌,才无可奈何地说:"好,送与夫差吧,让他心乱神迷。"于是,琴、棋、书、画、歌舞、礼仪,一众师傅齐齐请至,日复一日,年复一年,作为村姑的西施、郑旦,终出落成"此人只应天上有,世间难得几回见"的稀世美女。

从此，西施、郑旦伴随吴王，形影不离，两人共为嫔妃之首，共享专房之宠，神怡心荡的夫差建双妃宫、筑赏月池、植香木园、挖采莲塘、辟打猎场，只要她俩欢心。待得郑旦病逝，夫差尤将万千宠爱加于西施一身，掘西施洞，夏日双双休憩品茗；建吴王井，西施临影梳妆，夫差亲为梳发，瞧着那尽显妩媚的眼神，自然上扬的红唇，稚气未脱的娇笑，吴越亲善的莺声，夫差藏于心中的敌意终被渡去，留下的唯有脉脉柔情。伍子胥虽然屡屡进谏，夫差却是一耳进一耳出，烦了，就干脆闭门谢客，图个省心，落个清静。

光阴流水般逝去，被踩脚底的越国，在岁月的起承转合中不断储蓄着发愤的细节，"十年生聚，十年教训"，它已由一只伤痕累累的雏鸟变成羽毛丰满、筋骨强健、展翅欲飞的大鹏。公元前476年，夫差集举国精锐，北上争霸中原。范蠡禀告越王，报仇雪耻的时机到了！

当越军以摧枯拉朽之势攻入吴都姑苏，夫差引兵回救，陷入重围，在越军一往无前的冲击波下，夫差率领残兵败将退至姑苏山，重演了一出当年合围王城山的戏。不过这时早已主客易位，时势迥异。夫差立身山巅，展望四野，尽是越国猎猎战旗；回顾自己，鼓衰力竭，矢尽弦绝。遂仰天惨呼道："悔不听子胥良言，致有今日！"道毕，以巾掩面，拔剑自刎。于是，吴越一统，天下来归，传檄而定。

时光总是流逝，街市依旧升平。"西施亡吴"之说，亦代有所传，时有所闻。我却是另有所思。西施，一位纤纤弱女，于国家存亡之际，临危受命，以身许国，使人生放出了夺目的光彩。这,着实令人钦敬,然有人将她比作乱殷的妲己,毁周的褒姒,却未免一叶障目,不见泰山。诚然,西施事吴,为越国振兴赢得了时间,这是事实,毋庸置疑,可亡吴元凶,却是伯嚭,"伯嚭亡吴国,西施陷恶名,浣纱春水急,似有不平声。"唐人崔道融的沉重浩叹让我们警醒:对人对事,若是想当然,若是正邪不辨,是非不明,不仅愧对九泉之下的古人,也愧对后人。

三

越国。日星隐耀,薄暮冥冥的天空,终于迎来了光焰皙皙,气象万千的时日。

一个普天同庆的夜晚。

王宫宴殿,张灯结彩。祝贺声、欢呼声、歌舞声,震荡得空气嗡嗡不绝。越王勾践,正襟危坐,寒潭似的双眼,在忘乎所以的群臣间扫过来,瞄过去。范蠡手捧美酒,将满脸笑容送入勾践眼里,心里却隐伏着一抹阴影——

昨晚,靠近客厅的雅间,也就是书房,香烟袅袅,清气盈盈,自己和文种在畅叙衷情。

"子禽,如今大功告成,你打算如何?"

"少伯,大丈夫之志,自当封侯拜相,荣宗耀祖。"

"子禽,岂不闻飞鸟尽,良弓藏;狡兔死,走狗烹;敌国破,谋臣亡。"

"吴国刚灭,越国待兴,大王纵不思功,也不至忘恩负义,少伯,过虑了!"

巨大的成功使文种处于失重的状态，他幻想着与勾践共商国是，共展宏图，共创辉煌，却疏忘了，一个王朝，无论多么不同凡响，多么蒸蒸日上，他的卧榻之旁岂容他人酣睡？他的独家红利岂容他人分享？也疏忘了，其实，人跟树是一样的，越是向往高处的阳光，它的根就越要伸向黑暗的地底。

大殿煨了柏木，淡淡的香味，丝丝缕缕，飘飘荡荡。

"咽！"范蠡咽下了一大口酒，可不知怎的，喉咙里只觉得苦辣得慌。

翌日早朝，勾践未见范蠡，着人宣召，方知人走茶凉。盛怒之下，他以为范蠡定是去了他国，那么，水能载舟，亦能覆舟，他能让越绝处逢生，也能让越步吴后尘。想到这里，勾践的嘴脸刹时变了形，他声嘶力竭传令下去："追，活要见人，死要见尸。"

在非洲大陆东南的马达加斯加岛上，有一长仅十几厘米的壁虎。它全身上下覆盖着鱼鳞似的外壳，人称鱼鳞壁虎。这种鳞片外壳，平时除了美丽无非是一种存在。但当捕食者咬住它时，它便会将美丽的鳞片和着皮肤瞬间脱落，滑溜溜的肉身便会遁到不知什么地方去。捕食者猎获的不过是一副皮囊而已。这，也让人憬悟：放弃外在的虚荣和名利，恰恰能在节骨眼上留住人生最宝贵的东西……

范蠡是那天子夜乘坐早就备好的轻舟离开姑苏的，过了几个日夜，范蠡一行来到了齐、鲁边境。一场细雨过后，一片平坦坦、嫩茸茸的新绿展现在面前，微风拂过，绿色的波纹漾向天边。

"好地方。"范蠡第一眼就被迷住了，那么辽阔、那么自由、那么空旷。他先是静静地坐在车上，两眼一瞬不瞬，瞧个饱，然后用随带的财物换下这片土地，买下牛、马、猪、羊，以鸱夷子皮（即牛皮酒囊）之名，干起了繁殖家畜的行当。

清晨。曙光驱散了晦暗的夜色，太阳悠悠升起，晓雾悠悠散开，炊烟悠悠袅娜，泉水悠悠流淌。牛儿、马儿、羊儿，哞哞、咴咴、咩咩地呼唤着，自己排起队伍，悠悠地踱向草场。对那雇佣来的璞玉般的乡民，范蠡一遍遍讲解，一次次示范，饲料搭配，牲畜繁育，疾病预防……一个曾是相国、大将军的人物就这样和百姓们融在一起，且每一个环节都渗透劳作的温馨。多少人为了所谓的功名利禄不惜飞蛾扑火，范蠡却弃如敝屣，将远离官场、投身大自然奉为至高无上的追求。真是奇哉怪也！

范蠡的蛋糕做大了，鸱夷子皮成了远近闻名的金字招牌，他养的牲畜滚瓜溜圆、毛皮发亮，不但抢手，价格也高人一档。按理说，范蠡应该心满意足了，可是不，他心里仍觉着有一丝不爽。那就是市场上货物交易"估堆结算"的方法。门槛精灼的占尽了便宜，老实巴结的委屈到家，他想，要是有一种称重计量的工具，那公平公正还用担心吗？

有天，范蠡外出办事，看见乡民从井中汲水，用木架作支点，横杆一端系木桶，一端系石块，此上彼下，此下彼上，顿生灵感。他模仿吊桶汲水原理作秤，用细木一根，钻孔系绳以手吊之，一端系一挂钩或吊盘盛货物，一端挂一鹅卵石，移动得离吊绳越远，能吊起的货物就越多。于是，他想，一头挂多少货物，另一头鹅卵石要移动多远才能保持平衡，必须在秤杆上刻上标记才行。但以何物作标记为好呢？思谋良久，他想到天上的星宿，便决定用南斗六星和北斗七星，一颗星代表一两重，十三星为一斤。从此,市场上便有了统一计重的秤。

但是不久,他又发现有些心术不正之贾,短斤少两,克扣百姓。他考虑了些日子,终于想出改白木上刻黑色花标为红木嵌铜或锡金属星形。并在南斗六星、北斗七星之上再加福、禄、寿三星,以十六两为一斤,为的是以此警诫同行:为商,务必光明正大,绝不赚黑心钱。谁若欺人一两则失福(福气、幸福),扣人二两将无禄(俸禄,即无官做),缺人三两必折寿(短命也)!从此,古中国市场商业道德大盛。

就在范蠡风生水起、蒸蒸日上之际,"泰极否还生"这句话应验了!

一个山雨欲来风满楼的日子,两位外来客户聊起山海经。

"越国上大夫文种被大王勾践赐死了!"

"啊,有这等事,他和范蠡是越国的大功臣,勾践的大恩人呀!"

"一个身受大恩的人,和恩人反目的话,为了自己的脸面,反而会比陌路人更凶狠更恶毒……"

正在忙活的范蠡心头一抖,血液凝固了,可神色却一如往常,静静的,就像和风中的田野。待客户告辞而去,才吩咐家人,分头打点行装。刚淘得第一桶金呵,又要放汤了!家人几乎怀疑他怪病又发,可想到他素来办事如有神助,也就恭敬不如从命了。

于是,一望无垠的草场,成群结队的牲畜,林林总总的屋宇,还有金银、财帛,天女散花般施舍到邻里乡党、平民百姓手上,范蠡用心血凝成的结晶抹去了成千上万人苦难的眼泪,给他们带去了光明和希望。几天后,待一艘杀气腾腾的快船寻踪而至,范蠡已似午后的炊烟,消失在大气中。

文种就戮,使我想到,人性最大的恶不是不知感恩,而是恩将仇报。

范蠡一行,乘着马车,夜行昼宿,来到陶地。这里,远离越国,物产富庶,交通便捷,乃齐、宋、卫三国接壤处,极宜治产经商。这次,他自号陶朱公,将兵法用于管理:家畜的饲养、繁殖为第一梯队;宰杀、加工为第二梯队;运输、销售为第三梯队,既各自为政,又相辅相成,史上第一家一条龙、集约化经营模式就此诞生。供需匹配,"贵贱复反,贱买贵卖",薄利多销,诚信为上……一系列因地制宜、因时控价又极具人性化的创举,使他的触须东伸齐、鲁,西抵秦、郑,北达晋、燕,南通楚、越。陶朱公成了一统天下的商业王国的代名词。

范蠡成了富可敌国的人,可他依然没忘将"济贫"纳入重要行动日程,只要老百姓还贫困,他就要清澈见底地表达自己的虔诚,奉献自己的力量和爱心。一次又一次的人世变幻,没有带走他的悲悯情怀,没有带走他精神的富贵胜境。于是,偏安一隅,名不见经传的陶地成了人们仰望之所,成了境外百姓以能迁入为荣的地方。齐国国王闻讯也大喜过望,命人重礼相请,许其为相。范蠡辞而不受,却以齐国国王之名,尽捐家财充盈国库,救济灾民。"人有盛衰,泰终必否",范蠡深明个中真谛。

公元前448年的一天。夕阳依依不舍地停留在西边的山巅上,将最后的一份余热、一份光亮赠送给滴翠的田园,广袤的山野。已是八十八岁高龄的范蠡,脸上满是风霜。他眯缝着眼,安坐在竹椅上,回忆自己回环跌宕,纵横捭阖的一生。他想到了忠以为国，兴越灭吴，以弱胜强；想到了智以保身，位极人臣，激流勇退，斩断利锁名缰；想到了商以致富，三致千金，三散家财，《商训》《致富奇书》成了世人脱贫致富的梯阶……人们莫不惊以为奇、叹以为怪。他欣喜地笑了，笑容是那么干净，那么平和，那么纯亮。笑着、笑着，他徐徐阖上眼帘，安详地离开了这个世界。

暮色起得越来越浓重了，庭院也越来越显幽静。夜莺轻歌，晚风流暖，一极宏大又极细切的语音滑入耳郭；范蠡，其德量汪然若千金之陂；其气节岳然若万仞之壁；其智慧集九流之粹；其识见起春秋之衰。哦，范蠡，人们心目中的怪圣，感谢你告诉我们，一个平凡之人是怎样抵达伟大的；感谢你启迪我们，一个伟大之人又是怎样回归平凡的！我们务须努力，务须按自己的初心，活出足可慰藉的人生。

·撕开雾霾织就的天幕
—— 王充

王充是我国古代的一位思想家，由于年代久远，了解他的人可能不多。但于我来说，却总是萦绕于心，挥之不去。这倒并非是我自作多情，而是由衷钦佩他的才情，叹服他具有的科学理性和批判精神。从而思忖：在一千九百多年后的今天，我们怎样才能像他那样叩开成功之门，成为无愧于先人的炎黄子孙。

王充，字仲任，东汉会稽上虞（今浙江上虞）人。他给我们留下的生平记载很少，只知他生于汉光武帝建武三年（27），卒于和帝永元年间（89—104）；他少有大志，"才高而不尚苟作"，一旦出手，则"挥笔而众奇"，所以十七岁左右就被地方选送入京城太学深造。享受了一回"好风凭借力，送我上青云"的滋味。

汉代，太学是国家最高教育行政机构，也是国之最高学府，是官僚后备队伍的摇篮。王充一入学，即"师事扶风班彪"。班彪经学、史学、文学宗宗皆精，还是皇上"恩宠甚渥"的决策顾问。王充有此良机，就像小鼠跳入米箩，人们羡慕不已。可王充却是一言难尽。盖班彪乃王朝的正统学者，他奉行、倡导的是"汉德承尧，有灵命之符，王者兴祚，非祚力所致"（班彪：《王命论》）。这刻意炮制的心灵鸡汤所鼓吹的君权神授正是王充竭力反对的，思想上的分歧，再加上王充天生的耿介性格，不久就酿就了"谢师"的悲剧。

封建社会，大多知识分子总是把"穷则独善其身，达则兼济天下"作为人生信条，王充也不例外。其实这也难怪，人生一世，草木一秋，谁不想让有限的生命闪耀出无限的光彩呢？而要到"达"这个目标，除了出仕，别无他法。做官才有权，有权才有平台，有平台才能叱咤风云施展抱负，才能名扬当代垂范后世。那时是"自古华山独条路"，不像现在，"条条大道通罗马"，影视、歌唱、书画、文艺、科研、企业……只要你有能耐，哪行都可出状元、出明星。所以，那时，用上吃奶之力仍被挤出仕途的大有人在。如李白、谢灵运，仕途无望则放浪山水；如陶渊明仕途不顺则回归田园；如柳永屡试不第则转向市井，"忍把浮名，换了浅斟低唱"。王充却是另一种活法。他先以"舍我其谁"的雄心投身政坛，撞了南墙后并未像其他文人那样沉迷山水田园、沉迷市井，而是吸纳哲学、科学和文学的光、热，在交相辉映中"极笔墨之力，定善恶之实"，挥洒出"虽千万人，吾往矣"的悲壮。他是中国古代知识分子中一个绝无仅有的，被众多哲人赞作"一代英伟",被名教卫士斥作"千古罪人"的人物。

王充大约在公元61年,明帝永平四年前后结束京城游学,返回故乡上虞以教书为生。太学结业时,他以为凭自己"博通众流百家之言"的才能定可大显身手,哪知太学生入仕,也得有人"保举",否则,门都没有。这不由使人想起,20世纪20年代,北京大学施行的"保证"制度,凡新生入学,均须办理保证书,书上须有一名京官盖章签字,绝无余地。不过,王充面对这一杀手锏倒是一笑了之。他觉得,腹有诗书,纵然是块顽石,也能放出异彩;腹内空空,即使黄金玉石,也会毫无润色。于是,他将那些凭着才华凭着智慧建功立业的才俊,如司马迁、扬雄、如管仲、晏婴、韩非等,奉作前行的路标,奉作精神的图腾。

古人说"风来花争艳,时至鸟迎枝",王充回乡后,靠了"州郡辟除"才风来时至,步入仕途的。

照汉代官制,地方行政长官有权自行署置属僚,是为"州郡辟除",通称"掾史",王充入仕由上虞县掾功曹、会稽郡都尉府掾功曹升至郡列掾五官功曹;数年后,又跃升为州从事。职位的不断升迁,兼济天下的抱负亦开始显山露水。章帝即位初年,水旱灾害不断,流民遍地,路有饿殍,而官府豪强却穷奢极侈。王充向太守递交了"备乏"的奏记,建议禁止奢侈浪费,节约经费开支,防备物资困乏,未被采纳。之后,王充又针对会稽一带盛产稻米,大户人家酿酒成风,且纵酒狂欢,醉后滋事,影响治安的时弊,向太守奉上奏记,主张限制或禁止酿酒,以利赈灾济困,反而遭受了痛斥,好心当作驴肝肺,王充忍无可忍,毅然挂冠离去。

其实，有史以来，中华民族就有"俭，德之共也；侈，恶之大也"的黄钟大吕之声。说的是有德行的人，有一共同特质，即是节俭。所有造恶之人，也有个特质，即奢侈，而且到最后控制不了自己，会造成很大的孽。王充以为当一个人保持勤俭习惯时，人生就会走上坡路，正气也会不请自来。所以，他力图将其发扬光大，无奈生不逢时，"风流总被雨打风吹去"。

重回老家，王充感叹莫名：自己身居要位时，有人会绞尽脑汁巴结你，奉承你；一旦失去官职，穷困潦倒，原先亲如兄弟的人心里也会倏生忽明忽暗的鬼火，变着法儿算计你，甚至落井下石，置你于死地。时光好像一位精算师，它会删去你心中一些无关紧要的琐事，留下那些沉甸甸的事情，成为你心灵的组成部分。就这样，人心险恶、世道惟危的种种不但没有淡去，反而在王充的脑际变得益发清晰，于是，抨击世风，让人们记住这些乍看无伤大雅实则损人不轻的腐浊小人的著作《讥俗节义》一经面世就广为流传。此后，他又写了《政务之书》，敦促当局改革吏治，杜绝腐败，以民为本。可惜两书均已散佚。

汉章帝元和三年（86），王充应扬州刺史董勤征辟，再度出山，赴扬州郡丹阳（今安徽宣城）、庐江（今安徽庐江）任职，不久担任扬州治中从事，成了州刺史的助理，专门负责检举不法，弹劾污吏。这是王充在仕途中就任的最高职位。可惜好花不常开，好景不常在，章和二年（88），扬州郡建制撤销，王充也就"自免还家"，返回故里。

钜鹿太守，才气横溢的谢夷吾是王充的同乡，得悉王充闲居在家，遂上书章帝，举荐王充，说："充之天才，非学所加，虽前世孟轲、孙卿，近世扬雄、刘白、司马迁，不能过也。"文人相轻，自古亦然，但谢夷吾却演绎了一段文人相重的佳话。汉章帝看了谢夷吾的荐表，特诏公车署派员到会稽征召王充，拟委以重任。只是王充觉得自己已发白齿落，恐难远行，只得忍痛割爱，婉言谢绝。难能可贵的机遇和美好的愿望成了王充生命史上一道欣喜而又痛苦的泪痕。

从此，王充就在"贫无供养，志不娱快"中栖身斗室，将其作为施展抱负的舞台。他把目光转向灵魂的深处，将人生的重心移到笔墨之间，任凭窗外暴风骤雨，他老人家总是充耳不闻；尽管生活无着，亲友渐减，凄清悲凉如影随形，他仍不顾影自怜，而是用不容置疑的虔诚，不容置疑的信念，营养自己的内心，在心脏最后的搏动中完成全书的末篇《自记篇》，于是，《论衡》便构成了一个王充造就的世界。那艰苦卓绝的一幕让人忆起躲在滕尼斯堡的康德，他啜饮着生活的苦汁，却开创了举世皆惊的现代哲学流派。

王充的《论衡》前无古人，继往开来。它于哲学的贡献，就像伽利略于天文学的贡献一样，是破天荒的。在对儒家的剖析上，它阐明经典并非"万世不易"的真理；儒家的盛世之说"失实离本"。在对谶纬符命的批判上，阐明"天道，自然也"，"谴告之言"是"衰乱之语"。在鬼怪神仙、方术禁忌的揭露上，阐明"人死无知，不能为鬼"；"学仙术者，其必不成"；形形色色的禁忌与方术乃无稽之谈，与吉凶祸福无关……诵读王充的《论衡》，既像人于黑暗中瞧见白昼，瞧见阳光下闪耀的色彩和光芒，又像早起的人在习习晨风中享受清凉，像爱茶的人在芳香的茶水中领略怡心的感受一样。那些俗世的羁绊渐渐消于无形，原本混沌的视野变得亮堂清晰。我的父母亲，一生以勤为根，以俭为本，"日出而作，日入而息"，顺应自然，从不祈求那些虚无缥缈的东西，结果，父亲在94岁那年平静离世，母亲更是到了104岁。我发现，不少人缠在身上烦躁戚戚的枷锁都是自己加给自己的。当下，那些仍然流连于寺观庙宇，执迷于抽牌算命求神问卜的人们，若是知晓几千年前的古人已经启开了唯物与无神两扇大门，不知会作何感想？著名史学家刘知几说得好：《论衡》最可贵之处在于它能实事求是地考辨经书记载的是与非，虚与实，不使谬说欺惑后人。的确，《论衡》就像思想上的伦琴射线，能透视经书中的诸多疾患，将其暴露在光天化日之下，再无虚假面具可言。

　　孔子是中国封建社会伟大的思想家和教育家，在汉武帝"罢黜百家，独尊儒术"的方略下，孔子被吹成了神，就是说，他可以像神仙一样"不学自知，不问自晓"，"前知千岁，后知万世"。为证明属实，汉儒编造了许多神乎其神的故事。"吹律定姓"即是其中之一。它说的是：孔子开始不知道自己的姓氏，就吹起一种叫"律管"的竹制乐器，就知道自己是宋国大夫子氏的后裔。对此，王充一言以驳之：既然起初孔子连自己的祖宗是谁都不知道，那怎么能说他"生而知之""神而先知"呢？纯属无稽之谈罢了。在《论衡》的《知实篇》里，他列举了十六个具体事实以证明"圣人不能神"和"圣人不能先知"的道理。其中有一则，举《论语·先进篇》中所记载的孔子与弟子在匡的地方，因为孔子的面貌和阳货相像，匡人把他们包围起来，孔子先突围，颜渊后至的事实，他说：

> 子畏于匡，颜渊后。孔子曰："吾以汝为死矣。"如孔子先知，当知颜渊必不触害，匡人必不加悖。见颜渊之来，乃知不死，未来之时，谓以为死。圣人不能先知，五也。

用《论语》中实例，证明孔子不能"先知"，进而证明圣人也和普通人一样，不能成"神"。富有说服力。

诚然，在今天来说，汉儒编造的神话是何等的荒诞不经，但在当时，这类说法是颇为神圣的，许多博学鸿儒都以崇敬、庄重的态度讲述这类神话，王充提出质疑，就是"非议圣人"，就是和统治者倡导的"推明孔子"唱对台戏，这是有掉脑袋的风险的。可王充就是在悬顶之剑下发育出独立、自主、深刻、超前的写作人格。

在中国古代思想史上，"天"是一个至高无上的概念。孔子、孟子都主张畏天命、信天命，汉儒将天视为众神之王。董仲舒以天人关系为中心，推演出"天人感应"的哲理。说："天子受命于天。""王字的三横分别代表天、地、人，一竖表示把天、地、人联结在一起，站在天、地、人的中间。通晓社会和自然的道理，把天的旨意传达给人们。这就叫做参透天、地、人，除了王，又有谁能担当这个重任呢？"因此，他说，天子治国有道，天会降下"符瑞"；若逆天道，天就会降下"灾异"，因而，董仲舒把臣须服于君，妻须服于夫，子须服于父，称作"王道三纲"。用"天不变，道亦不变"替王权披上神圣的外衣。

王充首先引用了汉儒的一则说法：上古时候，诸侯共工与帝王颛顼争夺王位。共工战败，怒撞不周山，支撑苍穹的天柱折，维系大地的绳子断。女娲炼五色石补天之缺口，断海中巨鳌的四肢撑天……

随后王充以子之矛攻子之盾，将其一票否决。他说，共工若真有此神力，那么即使动用普天下的军队，他也不会落败。女娲若真的炼石补天，那么天也似五色石般的物体，它的重量，每一千里安一个柱子也撑不了。五岳为天下最高山峰，山巅距天穹还远得不知所以，不周山又怎能顶住天？天柱未修补好时，天又靠什么支撑呢？巨鳌是野兽，四肢怎能撑天？骨头腐朽了怎么办？即使足能作天柱，那它的身体该有多大？天地能容得下吗？若鳌足可撑天，其皮必坚如铁石，女娲又怎么杀得死它？

天地都是有形态的物质，都是元气的产物，日月星辰就像地上的房舍，无神秘可言——王充用这把横扫牛鬼蛇神的铁扫帚把"天是百神之大君"，"天子受命于天"，"天能实施对善恶的赏罚"诸多荒谬之说横扫到九霄云外。

王充哲学的生命力，源于他思想上的理性精神和批判精神，源于他透过假象看本质的超前觉醒。他说："《诗》三百，一言以蔽之，曰：'思无邪。'《论衡》篇以十数，亦一言也，曰：疾虚妄。"他从不凭借大吹大擂以耸人听闻，而是在有理有节中将大千世界的蓬勃万象一锤定音。故明代沈云楫认为王充的《论衡》"旁征博引，释异同，正嫌疑"，有极高的学术价值。梁启超称《论衡》为"汉代批评哲学第一奇书"。现代西方汉学家对王充亦颂赞有加：苏联学者阿·彼得罗夫说王充好比古希腊的伊壁鸠鲁,他说:"《论衡》不仅是一部中国的,而且是一部世界的哲学、政论的卓越作品。"……侯外庐、冯友兰、任继愈、张岂之等诸多著名学者的中国哲学史著作中都认为王充是中国古代唯物主义思想中的一面猎猎飘扬的旗帜。王充自己也没有想到,他身后不仅在中国哲学史,而且在世界哲学史上会拥有这样显赫的席位。他并非是想当名家而把自己关入斗室的,他是怀着十分遗憾的心情退出官场后转向著述之路的。他身上的盖世才华和超前意识与当时迂腐的思想文化发生激烈的碰撞后,既未落入个中陷阱,也没有被同化,而是融成一把硕大无朋的倚天之剑,撕开天神崇拜、孔子崇拜、圣王崇拜、儒家经典崇拜等形形色色世俗迷信的雾霾织就的天幕,还人事以本真面目。而这一旷世杰作,又成为人们研究探寻的无价之宝。王充由致仕转向著述的经历提醒我们:一个人,在时代的崇山峻岭中登攀,面对悬崖峭壁时,须知那不是尽头,只是告诫你,该转弯了。

有这样一则真实的故事:一位年轻人坐火车远行。火车行驶在荒无人烟的山野,乘客们都被铺天盖地的单调折磨得胸口发闷、神情萎靡。这时,前面有了个拐弯处,火车渐渐减速,一座简陋的平房进入了大家的视野,所有的乘客都被吸引住了,年轻人的心也为之一动。返回时,他就近下车,找到了那座房子。主人告诉他,住在这里,火车每天驶过,噪音几乎让人发疯,若有人买,最低价。年轻人只花三万元就买下了这座房子。随后,心念早转的他向实力雄厚的公司建议,在房子正面作"广告墙"。可口可乐公司经实地考察,觉得这座房子正好在转弯处,火车经过这里时都要减速,疲惫的乘客一见这座房子精神都会一振,做广告实在是太好了!于是,就以三年十八万元的租金和年轻人拍板成交。年轻人因那一转弯,叩开了成功之门。

王充一生经历了东汉光武、明帝、章帝、和帝四朝,为官者当以千万计,其中还不乏身世显赫的人物,可于历史来说,无不成了过眼云烟,就连和王充同朝的第一重臣叫什么名字都已无人记得。可王充呢?他用文字打败时间,用学问辉煌千百年,名姓永流传。而那浸润着脑浆、淋漓着心血的《论衡》所传递出的系统的无神论理论,历久不衰的文化价值,相信能让还不很了解他的读者诸君心生欣喜,能让一直来仰望他的思想的学术界同好敬意绵绵。

·一千八百年前的夏日
——嵇康

这是一个令人黯然神伤的题目。

一写下这个题目,我的眼前就浮现出一把新发于硎的砍刀来。它悬在人们头上,背厚刃薄,柄上刻有鬼头,阴森森冷飕飕的锋芒恍若鹰隼择而噬的眼神。冥冥中,我似乎觉得,一千八百年前的夏日,在京师洛阳东面马市刑场上,痛饮嵇康之血的就是这把砍刀。于是,心灵深处就有了一种震颤,一种血涌顶门的冲动,一种难以言说的悲慨。

一

嵇康,字叔夜,生于魏文帝黄初四年(223),三国时魏国的文学家、思想家、音乐家。

嵇家本为奚姓,原籍会稽上虞(今浙江上虞)。曾祖父时,为躲避仇家追杀，离乡背井，来到谯郡至县（今安徽宿县）的秋山脚下，苦度光阴。因来自会稽，稽、嵇同音，遂改姓为嵇，秋山亦改名"嵇山"。嵇康父亲嵇昭颇有志气，不想穷愁潦倒地虚度一生，于是把祈盼的目光投向了文化的天地，终日乾乾，刻苦攻读，方谋得督军粮治书侍御史一职，虽官微言轻，但总算在仕途上迈出了难能可贵的一步。可惜好花不常开，好景不常在。当嵇康长到三岁，做父亲的便永远闭上了眼睛，嵇康遂靠母、兄抚养。

嵇康从小聪明智慧，待得成年，更是才华横溢，豪气逼人。他通音律，擅书法，精丹青，善诗文，尤其是四言诗，源于传统又高于传统，深受方家称颂。陈祚明在《采菽堂古诗选》中说："四言中饶隽语，以全不似三百篇故佳。"何焯也在《文选评》中说："四言不为《风》《雅》所羁，直写胸中语，此叔夜所以高于潘、陆也。"诵读《赠秀才入军》十八首，个中所写的虽是兄长嵇喜从军生活的想象，可那涌动其间的纵横驰骋、豪放不羁的气势确为嵇康专利；尤其十四，"流磻平皋，垂纶长川。目送归鸿，手挥五弦"更是言如金石，字赛珠玑。在魏晋南北朝的文坛中，虽然大家辈出，佳作如林，但若论文人个体生命的强悍显露，笔墨对人格、气节的直接外化则非嵇康莫属。

让人惊讶的是，嵇康的名气居然惊动了曹林。曹林是曹操的儿子，官封魏沛穆王。也许心血来潮；也许在理政之余，于嵇康的笔墨中发现了他的超尘拔俗之气，击节赞叹中，曹林竟决定将孙女长乐亭主许嵇康为妻。诚然，论治世安邦之才，曹林自愧不如父亲。可他自信，洞察一个黄花后生的天资和禀赋，眼力还是不在话下的。当然，他不可能知晓，隐士孙登对嵇康所嘱，若是知晓，那决定也许就会变成昙花，那么，历史也就会显现别样的轨迹了。

嵇康是在岚霭缥缈的汲郡山遇见孙登的。夙愿成真，嵇康欣喜莫名。晴空朗朗，山风习习，嵇康随同这位世外高人作崇尚自然之旅。面对重岩危崖的负重，古树巨木的垂老，山寺烟笼的氛围，峻岭峭壁的泻瀑，嵇康是心潮逐浪。孙登却用沉默将自己包裹得严严实实，不露分毫。分手时，嵇康恳切动问："先生，你无一言告我吗？"孙登吁气叹道："你性情刚烈而才气俊杰，怎能免除灾祸啊！"警醒嵇康：你若不改迂执之态，那就在劫难逃！可惜嵇康仍然不为所动，一如既往，以至一语成谶，40岁上就画上了生命的休止符。

我不时思忖，嵇康为什么天堂有路不思走，地狱无门却自寻呢？

作为一代名士，他不可能不知晓，按孙登所说去做，是可以远离灾祸的，是可以明哲保身的，如能注重世俗的智慧，像狐狸，像商贾；又能注重理性的智慧，像智者，像哲人，那么，名利双收、飞黄腾达易如反掌。但嵇康会觉得，自己是顶天立地的大丈夫，怎能和那些"凭尊恃势，不友不师，宰割天下，以奉其师"（《太师箴》）的小人佞臣一个鼻孔出气呢？怎能"摧眉折腰事权贵，使我不得开心颜"呢？于是他"明知山有虎，偏向虎山行"，纵然喋血，纵然肝脑涂地，亦要站成山峰，站成峭壁！这就是我们常说的，一个人的性格决定他的命运的典型实例。正因如此，他才会在遭难时叹喟"今愧孙登"，感到辜负了孙登的一番美意，一片苦心，向关怀自己的高人表示深深的歉意，而不是像有些人所说的那样，是"懊悔不听孙登之言，致有今日"的愧悔之意。

二

鲁迅先生一生惦记过不少中国文人和他们的作品，对魏晋人物特别是嵇康尤为关切。他从民国二年寓居北京绍兴会馆伊始，曾延时十八个年头搜集、整理、校勘《嵇康集》，将这面历史的铜镜擦拭得光可鉴人，从而引得多少人诵读，多少人感慨，多少人忧愤；一页页日记就像他的感官和表情，显露着他内心对这位铁骨铮铮的文人的眷注和钦敬。

1913年

9月23日 下午往留黎厂搜《嵇中散集》不得，遂以托本立堂。

10月1日 午后往图书馆借《嵇康集》一册。10月15日 夜以丛书堂本《嵇康集》校《全三国文》，摘出佳字，将于暇日写之。10月19日 夜读校《嵇康集》。10月20日，夜校《嵇康集》毕。

1915年

6月5日 下午得蒋抑卮书并钞文澜阁本《嵇中散集》一部两册。

1924年

6月1日 夜校《嵇康集》一卷。6月3日 夜校《嵇康集》一卷。6月6日 终日校《嵇康集》。6月7日 夜，风，校《嵇康集》至第九卷之半，雨。

6月8日 夜校《嵇康集》了。

6月10日 夜撰校正《嵇康集》序。

……

凡在历史上声名远播的文化俊彦，尽管所处的时代不同，环境各一，信仰也有差异，但由于性情上的相似，精神上的呼应，两者常会在心灵上产生共鸣。就像嵇康是直面人生、刚肠疾恶的猛士，鲁迅则是敢在寒夜燃烧自己骨头的战士一般无二。鲁迅说："阮籍作文章和诗都很好，他的诗文虽然也很激昂慷慨，但许多意思都是隐而不显的。嵇康的论文，比阮籍更好，思想新颖，往往与古时旧说反对。"讲得颇为透彻，颇为清晰。他还说："嵇、阮两人的脾气都很大，阮籍老年改得很好，嵇康就始终都是极坏的。"（《魏晋风度及文章与药及酒之关系》）鲁迅明白嵇康容不得半点肮脏，见不得半点虚假的品性，就像明白自己的掌纹。

嵇康"性绝巧，能锻铁"（《文士传》），他在后园枝繁叶茂的柳树下筑了个铁铺打铁。那比鸣锣喝道还要嘹亮的叮当声响出了美男子的体魄，响出了文化的良知，响出了"出淤泥而不染，濯清涟而不妖"的人品。一个撰有轰动朝野的《太师箴》《声无哀乐论》《管蔡论》《明胆论》《养生论》等诸般散文；一个作有重在创新、贵在精致、妙在神韵的诗的名士，终逍遥成一首"前不见古人，后不见来者"的人生绝响。

有天，洛阳城里出来了一支车队，为首的是朝中权臣钟会。他"敏慧夙成，少有才气"，29岁就受封关内侯，父亲是著名书法家钟繇,曾官至魏国太傅。钟会对年长二岁的嵇康很是钦佩。《世说新语》记载:钟会写就《四本论》后,很想听听嵇康的意见,可又担心嵇康看不上眼,自讨没趣,情急之下,竟"于户外遥掷",返身就走。如今,愈益显赫的他得悉嵇康在洛阳城外打铁,遂再次造访。

面对"乘肥衣轻,宾从如云",春风得意的钟会,嵇康认为他是白眼狼戴帽,冒充人样,就旁若无人,只顾自己打铁。半晌,钟会吃不住劲了,遭羞的恼意发酵成怒火,一浪高过一浪。他猛地将手一挥,车队便倏地一个转向,悻悻离去。嵇康快意莫名说:"何所闻而来,何所见而去。"钟会头也不回道:"闻所闻而来,见所见而去。"声似裂帛,破空而起。嵇康只是冷冷一哼。帮他拉风箱、做下手的文学家向秀却神色凝重,汗水渗出了鼻尖,拉风箱的手也慢了许多。

三

向秀的担忧不无道理。

钟会慕名拜访,不论其动机如何,行动本身并无大碍,嵇康只为出一口恶气,图一时之快,就在大庭广众之间,众目睽睽之下,予以奚落,予以羞辱。这,除了激怒对方,又收获了什么呢?你说他是小人,不错,从他后来和邓艾一起征蜀,害死邓艾又叛变作乱来看,的确是个名副其实的小人。可他是个有文化有权势的小人,是个玩文学玩政治的八段高手。这种人,隔岸观火、落井下石、阴谋陷害、卖主求荣、恩将仇报,无所不用其极，比一般小人不知要狠辣多少倍。心有不甘的他随时都会乘机再起，届时，他会以百倍的疯狂报复你。

那不幸的帷幕，终于拉开了。

事情缘起吕巽、吕安两兄弟。吕巽见弟媳年轻貌美，像朵怒放的牡丹花，遂趁吕安不在，设法迷奸了她。敦厚诚朴的吕安像掉进盛满泪水的深井，痛不欲生。作为一个有头有脸的文化人，总不能将妻子被兄长奸污的丑事公之于众吧？否则，日后妻子如何做人？堂堂家族又如何面对世人？两眼空茫、不堪回首的他，除了放声恸哭，再无他法。哭着哭着，他忽然想到了自己心目中的好友嵇康，立马前往。嵇康闻言，火冲天上，重常人之所轻的他，痛骂吕巽之余，写下了《与吕长悌绝交书》，断绝与猪狗不如的吕巽的关系。这才把胸中的恶气放了一些。谁知人无害虎心，虎有伤人意，吕巽居然恶人先告状，捏造了吕安为人不孝掌掴母亲的事实，上诉朝廷。有口难辩的吕安遂摊上了牢狱之灾，嵇康亦因自己豁亮的生命冲撞被牵连入狱。

对嵇康的横遭不测，有人归咎于他做了曹魏宗室的女婿，站错了队；有人归咎于他反对"名教"，惹恼了司马氏；也有人归咎于他"刚肠疾恶，轻肆直言，遇事便发"的秉性。应该说，这些言论都非空穴来风，都有一定的道理。但我认为，最直接最致命的却是小人的临门一脚。

我曾经思忖：吕安是因所谓"不孝"之名而获罪的，朝廷如要借此大做文章，杀鸡儆猴，判其死刑亦是一法。可嵇康呢？不过在绝交信里为朋友说了几句公道话，与丧失天良、丧失道德的"朋友"划清了界线而已，纵被视作不孝者的同党，亦罪不至死！

我猜想，独掌朝纲的司马昭当初是煞费踌躇的。作为标榜"名教"的始作俑者，他心里其实比任何人都明白，所谓崇奉礼教的嘴上尽管喊得山响，暗地里恰是毁坏礼教的。而表面上毁坏礼教者，实际上倒是承认礼教、相信礼教的。嵇康，一介只有一副笔墨的书生，充其量也不过是溪流中的一条游鱼，纵然最大也腾不起巨浪。作为忙着篡夺帝位的大将军，司马昭深深懂得："秀才造反，三年不成。"自己必欲除之而后快的是像高贵乡公曹髦那般的重磅实力人物，至于嵇康，只须给他点颜色看看就行了。

就在司马昭打算饶嵇康一命的时候，在暗角窥测风向的钟会粉墨登场了。他用深沉的嗓音，颤抖的语调，悲天悯人地说："陛下，嵇康，卧龙也。千万不能让他飞起来呵！而今，陛下统治天下已是一帆风顺，可我还想提醒您，对嵇康这样不可一世的名士，仍要提防着点……陛下，以前姜太公、孔夫子都诛杀过那些扰乱民众、诽谤礼教的所谓名人，现在嵇康、吕安这些人言论放肆，诋毁圣人经典，任何统治天下的明君都不能容忍，陛下如果太过仁爱，不除嵇康，那就可能难以醇化风俗，清洁王道。"这一席诚恳得让人流泪的话语就像一桶燃油不偏不倚，正好浇在司马昭的心火上。于是，星星之火，刹时燎原；于是，"墨写的谎言"成了"血的事实"，嵇康遂毫无悬念地踏上了生命的最后过道。一部中国文化史，有多少国家级的文化大师被无辜押在被告席上，而审堂的官员和原告，多是一批杀人不见血的小人。

四

公元262年。夏日。病恹恹的太阳，发散着惨白的光。嵇康身负重枷，被从洛阳大狱押往东市刑场。

囚车辚辚。地上蒸发出来的腥臭，和着汗水的馊味，熏得嵇康头晕脑涨，恍恍惚惚。宗宗往事好像低空中似云非云、似雾非雾的灰气，在他脑际浮来飘去。

他想起了与山涛绝交的事。

山涛，字巨源，竹林七贤之一，在朝任尚书吏部郎。一天，山涛想辞去这个职位。朝廷就让他举荐一位能够胜任的人接他的班。山涛便想到了挚友嵇康。嵇康知情后，拂砚伸纸，磨墨挥毫，写了封《与山巨源绝交书》给山涛，信中除了显现他不流于世俗，不攀扶权势，不俯首金钱，守正不挠、一尘不染的品格，还很有一些让天地都为之一颤的感伤：

> 听说你想让我接替你的官位，事虽未成，却可知你很不了解我……我该如何处世，早就明白，即使走的是条绝路也是自作自受。你若勉强我，则非把我推入深渊不可……我刚死母亲和哥哥，心里悲切，女儿十三岁，儿子才八岁，都未成人，还体弱多病，想到这，真不知如何是好……你如果想与我同登仕途，一起欢乐，其实是在逼我发疯。我想你对我没有深仇大恨，不会这么做吧？我说这些，是使你了解我，也与你诀别。

嵇康深知山涛心地光明，为人温和朴实，举荐自己并无恶意，所以虽然写信绝交，实则藕断而丝连。信中多是阐明自己心迹，显露自己的不驯和无奈，与写给吕巽的绝交信相比，无异天壤。难怪他最终将自己的一双儿女托付给山涛，而不是二哥嵇喜，也不是交情不薄的阮籍、向秀，还对儿子嵇绍说："有巨源在，你不会成为孤儿了。"

他还想起了朋友吕安。自己虽然披肝沥胆，为吕安伸张正义，斩断了同大逆不道的吕巽的交往，但最终仍然于事无补，心里不免惴惴，内疚之色亦溢上脸颊。同陷囚车，且近在咫尺的吕安见嵇康为了自己的事连性命也搭上，不但无意怨恨，反而时时为自己着想，让自己感受友情的热量，文弱的双肩一抽一抽地抖了，飘着雾团的眼睛，渗出湿漉漉的光来。

刑场到了。嵇康放眼望去，但见人头攒动，黑压压一片，三千名闻讯而至的太学生，集体请愿，请朝廷赦免嵇康，让他来太学任教。朝廷虽然维持原判，然太学生们依然齐齐地聚集在那里，以自己的赤诚表明对嵇康的敬仰。人挤人的墙太高了，不少人踮起脚尖，手搭凉棚，把目光聚向嵇康。嵇康见自己的人品、气节、学问有了金属般的回响，心里是豪气干云。他一瞥头顶的太阳，对监斩的官员说："眼下时辰还早，我先弹个曲子吧！"说毕，让家人取来五弦琴，安放台上，自己端坐琴前，孤傲的眼神压住了官员的目光，十指起处，悲壮、激越的音流浩浩汤汤，涌向密密匝匝的人群，涌向千里万里的旷野……

失去了威力的阳光，从云层的空隙处透出，照在嵇康的脸上，照在戛然而止的琴弦上。嵇康徐徐起立，喟叹道："以前，袁孝尼多次求学，我均吝惜未教，从今，《广陵散》绝矣！"言讫，那涌动着热血的头颈迎上了阴森森冷飕飕的锋芒。"英雄的血终成了历史放在台面上的精神魂魄，终成了"无味的国土里的人生的盐"。

·书圣的风骨
——王羲之

在绵延不绝的历史长河中,中华大地涌现了不知凡几的俊彦英豪,闪耀在中华世纪坛的文化巨星就有四十人。其中长眠在越地青山绿水间以超人风骨、盖世才华彪炳史册的王羲之,不仅是越地人们的骄傲,更是高山仰止的偶像。

东晋时期,中华文化的太空升起了一颗璀璨的巨星——王羲之。他的盖世才华和鬼斧神工般的妙艺不仅倾倒了一代又一代中华儿女而成为民族的骄傲,也震烁了一衣带水的友邦日本,被奉为圣人。我在引以为豪之时又不由思忖:是其高洁的人品陶冶了他的书艺抑或是他登峰造极的书艺抬高了他的人品;是个人修炼所致抑或是时代风尚使然?对王羲之来说,举足轻重的究竟是政治生涯还是书法艺术?

在我脑际首先刻下王羲之印记的是家住西郊乌漆大台门时节。说是乌漆其实徒有虚名,老态龙钟的台门乌漆早已剥落殆尽；大倒是真的，里面挨挨挤挤足有五六户人家，日出日落相见，锅盆瓢碗相闻，热闹得紧。

那时，最疼我的要数与我家比肩而居的王婶。每当放学回家，王婶总会拉住我的小手，塞给我薄荷糖什么的。一天，她和家母聊天，得知我读书经年竟未拜过王羲之，不由嗔怪莫名："哎呀呀，难怪阿尧的字歪歪扭扭的，不拜书圣，哪行！"于是，古道热肠的王婶毛遂自荐，陪同我和母亲前往她的娘家金庭，拜谒她的先祖——王羲之在天之灵。

出嵊城东行50余里便是金庭，山门前，传为王羲之手植的数株千年古樟巍然耸立，虬枝擎天，浓荫匝地。山门左侧为"晋王右军墓道"石牌坊，是清道光年间浙江学政吴钟骏题写。太师椅般的王羲之墓坐落在山腰。墓前，大明弘治年间重立的"晋王右军墓"碑穆然伫立。王婶点燃香烛，袅袅青烟遂与历史的故事幽幽衔接……

时光永是流逝，往昔的足迹早被岁月的风雨洗涤净尽，进驻心田的是东晋名仕王羲之。他是以全新的楷书使我们啧啧称羡的。如果说名家钟繇的楷书常含隶书笔意，王字则隶意全无。王羲之的字骨力雄健自然天成，体态妍美而粉黛无施，姿仪清雅而庄矜严肃，法度谨严而从容衍裕……有"常人莫之能学"之势。故时至今日，叹喟王字可望而不可即的依然数不胜数。

王羲之出道走的是从政之路。

自古以来，大凡有志的文人学士都视仕途为进身的阶梯，视济世安民为做人的基准：司马迁、杜甫、白居易……王羲之也不例外。他不管朝野如何腐朽晦暗，上司如何行强相欺，始终不改行善政、为循吏的初衷。

据《晋书》记载，王羲之仕途坎坷。咸和四年六月，王羲之首仕临川太守。小小临川郡，辖县仅十，民八千五百户，不过一地瘠民稀之郡，绝非王羲之所能施展抱负，可他并不因此就敷衍塞责，而是"循名责实，虚伪不齿"，不仅斗胆抵制上司刘胤的强征硬索，还直言极谏，险因触犯权贵而遭杀身之祸。

我时时思忖：王羲之其实是不用冒恁大的风险的。当时的政坛，凡郡守、县令无不以"服食"、"清谈"、饮酒遨游为时尚，政务尽可由下属处置，谁想过问，反有被讥为俗人之虞。因此，王羲之纵然"隆中高卧"不闻不问，亦不会有非议。我难以洞明，王羲之以南渡第一高门的属身放任穷乡僻壤的感触，他又是如何摒弃心中的怅惘勉力负起为民请命的使命，从而显露出不仅"骨鲠"且有"鉴裁"的品行。

成帝咸康五年，偏安江南的小朝廷经历了一场生死劫。公元339年，酣睡在"卧榻"之旁的后赵突然发难。东晋重镇邾城陷落。阵亡将士六千余人，居民被掠近万，汉水以东，尽是绝望的呻吟和声嘶力竭的呼号。面对败局，征西将军、都督江、荆、豫、益、梁、雍六州诸军事的庾亮痛心疾首：悔不听羲之之言，致有今日惨祸。

背晦颠顸的朝臣有的是，后果也可想而知，但此事却非同小可，黎民百姓的栋折榱崩无须多言，社稷的陵替方是可怕的祸胎。

庾亮的叹悔是有道理的。

早在公元334年，庾亮屯兵邾城意欲北举时，王羲之即犯颜直谏：邠城外接群夷，内无所倚……可惜忠言逆耳。

仕途的厄运对文人学士来说似乎特别钟情，无论贾谊、嵇康，还是李贺、张九龄……概莫能外。离开庾亮的王羲之显示了一个政治家兼艺术家独有的容止。他一面殚精竭虑寻绎实现夙愿的奥秘，以出世的精神做入世的事情；一面笃行不倦苦学名家书艺，博采众长，以有限的形态表现无限的意蕴，未敢有丝毫懈怠。

我时时思忖：王羲之若只痴迷宦海不及其余，或"备精诸体"却不锐意创新，那么，有"天下第一行书"之誉的《兰亭集序》还能有这样水灵鲜活么？书圣的桂冠就更是个未知数了！

王羲之本是史不绝书的人，这下显现了过人的才能，不久就奉诏加宁远将军，领江州刺史。从初始的穷郡太守、征西幕僚一跃为领十余郡的州刺史，可谓重任之兆。惜好花不常开，好景不常在，赴任不过年余，王羲之又因不愿为虎作伥祸害子民而"花事泯灭"。待至永和六年方东山再起，受任会稽内史。此时，王羲之的仕途也走到了尽头。他终于无法与唯官为上的胥吏相抗衡。事实上，这亦与王羲之济世安民的宗旨相悖。唯官为上，对济世安民之说自不屑一顾；或为求官运亨通，蒙上忧国忧民面纱的也并非俱无；也有趋向极端，衍生出诸如秦桧般狗苟之徒。

江山好改，本性难移。

我无意标榜人品，也无意标榜文品。可是，在漫长的人类文明史中，文如其人，亦云字如其人、风骨即人早经验证。我不时思忖，俞万春的笔端为何流不出《水浒传》，更不可能喷薄出"宁溘死以流亡兮……"的惊天地、泣鬼神般的诗文,他若置身屈原的境地,迈的将是迥然不同的步履。

书法是始于汉末、三国时期的一门独特的艺术。它不像摄影那样易于窥察作者的用心。它的特色是含蓄和蕴藉,一个人的性格、人品、学养、艺术理想和时代风貌无不有机地融溶在"点、横、撇、捺……"诸般符号中。王羲之以他高澍的操履,姿媚流便的书体完美了古代"字如其人"的艺术思想,也造就了他在书法的历史上继往开来、集其大成的书圣地位。

王羲之在心底烙定了济世安民的印记。我时时揣摩他屈就征西幕僚时的心绪。那时,境外强敌觊觎,境内财力空虚,庾亮若能纳羲之之忠谏,熟习战阵、备齐资用而后举,击败后赵光复祖业并非没有可能。果能如此,号称中兴然而僻处江东一隅的朝廷无疑将揭开辉煌的一页。王羲之实是有功之臣。可他依然未能坐定江州刺史的交椅,上了辞官之章。按理,教训屡屡,他该以不在其位不谋其政图个自慰,然他仍然说,不!我大脑的荧光屏常常浮现如是镜头:云海如墨,风声如涛,参天大树下,一风流倜傥儒生仰首问天:新月,你在哪里?

芽儿般的新月仿佛冒出了地平线,穆帝时,王羲之有幸出任会稽内史,然而,宦海茫茫,梦般的月华转瞬即逝。为临川太守时的上司刘胤早已自食恶果,而现任的上司王述却比刘胤不知厉害多少。他先是对王羲之优礼有加,后终于逮到了机会:王羲之忧国忧民而为朝野传诵的《上会稽王笺》触着了会稽王的痛处,会稽王震怒了!

王述横眉剑出鞘。

这是把杀人不见血的隐形剑。

王述的儿子坦之携着攻无不克的"红包"上路了。我猜想，见了会稽王，坦之自会悲天悯人地告上一状：尊敬的殿下，王羲之真是太那个了！什么伍员之忧、倒悬之急，分明是以下犯上居心叵测……烈火烹油，会稽王不由七窍生烟、须眉倒竖：罢了罢了！

东晋王朝在成帝时就多日薄西山的征兆，后赵南侵一役，使东晋王朝原本羸弱的身子又挨了一记闷心拳，用气息奄奄来描述似乎有点过分，可也相去不远。穆帝时，更是民穷财竭灾祸连连。永和五年、六年，江左洪灾，接着又是大旱，王羲之屡屡"开仓赈贷"以救民命。王述却让人四处造谣，说什么灾情本轻，王羲之这开仓赈济是故意收买民心啦，王羲之屡屡上书是变相诽谤朝廷啦，不一而足，连王羲之工书之誉也成了哗众取宠的代词。着意加工的谣言直把京城炒得沸反盈天。

面对乌云压城城欲摧之势，王羲之再也不能挂笏看山了。他开始强慑心神，郑重揭开心灵深处的覆盖，检点自己从政以来亦断亦续的轨迹，或愉悦，或烦闷，或惆怅，或伤心……然无论如何总没有忘却济世安民的重任，可说仰不愧于天，俯不怍于人，然今日为何竟要受制于小人呢？为的是功成名遂吗？自己早就可应王导的举荐出任吏部尚书，要是那样，现在自己就不是区区郡守了，自己是为了做人的准则啊！王羲之觉得从政若梦，这梦无论怎样绵长，总是要醒来，今生今世，纵然朝廷再诏，也不再出仕了！

王羲之找到了通往内心深处的道路，毅然决然去父母墓前

"告慰先灵"，然后交卸郡篆，在众多耆老士庶的送行中移居蕺山别业。未几，又仰慕剡县（今之浙江省嵊州市）的秀山丽水，踏衰草，穿疏林，赴金庭定居，在绵长的时光中用书画疗自己的伤口，在前行中终老余生。

王羲之一生仕途艰难竭蹶，最后宁可辞官也不变志从俗，力求品格的完美。这于封建时代的一个文人学士来说，实使人钦敬有加。撤出历史的隧洞，聚焦五光十色的现实，如是风范亦属鲜见。而今，盈满我们眼眸的，在权势和红唇绿酒中寻求满足和实在的情景使人疏忘了精神的斑斓。当然，这仅仅是时代马拉松跑中的一种姿势，用不着杞人忧天。

行文至此，我篇首所需之标准答案似乎仍是有影无形。王羲之跻身政坛，追求的是济世安民。他做出了努力，更以自己的实践在人生之路上书写了凝重的一笔。但是，在广袤而绵长的政坛百花园中，他的政绩之花毕竟不是最绚烂的。而他的书法艺术呢？《别传》赞他"千变万化，得之神功"；唐太宗李世民誉他的字"烟霏露结，状若断而还连；凤翥龙蟠，势如斜而反直"；梁武帝萧衍更说王书"字势雄健，如龙跳天门，虎卧凤阙"。

王羲之，中华民族的一座齐天丰碑。

王羲之，前不见古人，后不见来者？！

·半是曹植半李白
——谢灵运

谢灵运去世后约六十年,有南朝"文坛领袖"美誉的沈约,著述了《宋书》这部百卷大书。在《宋书·谢灵运传》中,他对不同凡俗的谢灵运作了不同凡俗的抒写。《谢灵运传》开头写道:

> 谢灵运,陈郡阳夏人也。祖玄,晋车骑将军。父瑍,生而不慧,为秘书郎,蚤亡。灵运幼便颖悟……灵运少好学,博览群书,文章之美,江左莫逮。

沈约欣赏祖籍陈郡阳夏(今河南太康附近)的名士谢灵运,赋予他一个十分吸睛的点赞:文章之美,江左莫逮。

谢灵运成了中国文化史上的重磅人物,他的诗文闪耀着一个时代的折光。但诗文中的光芒和现实中的生存,却似"风、马、牛",乃不相及的两码事。因为尘世间,除了纸砚笔墨,还有秃鹫猛兽。一个弱肉强食的世界,注定是胜者王侯败者寇,至于你的诗文如何,反而是无伤大雅的。

《谢灵运传》是用《临终诗》——灵运的自省,给他的一生画上句号的:

临　终

龚胜无馀生,李业有终尽。
嵇公理既迫,霍生命亦殒。
凄凄凌霜叶,纳纳冲风菌。
邂逅竟几何,修短非所愍。
送心正觉前,斯痛久已忍。
恨我君子志,不获岩上泯。

应该说,晋宋是不讲诗意的,所有的莺歌燕舞、清风明月已被刀光剑影、血雨腥风所替。不过,情深义重的沈约还是给谢灵运留存了一丝光亮,一丝诗意。谢灵运的临终自省,并非常规中的卖乖弄巧,而是一种由灵魂深处发出的自我剖析。他用刮骨疗毒的尖刀剔除自己身上所有虚饰的东西,回归于一个真正的自己。它使人明白,灵运成熟了,成熟于横祸,成熟于灭寂,痛心的是已没有灭寂后的再生。

与古往今来的许多大家一样,谢灵运奉行的人生准则,也是"达则兼济天下,穷则独善其身",但到头来,却是那么无奈,那么凄凉,那么悲情。一个超时代的文化名人,却不能相容于他所处的时代,为什么?这个症结,我们得稍稍进入一下,才能弄清。

谢灵运与宋文帝

那是一个令人不敢正视的时代，那是一个心灵、人格双双扭曲的世界。

永初三年（422），吞灭群雄，导演“禅让”，夺得南朝第一杯羹的宋武帝刘裕，咽下了最后一口气。皇太子刘义符成了少帝。但出乎意外的是少帝还未瞧清龙椅的真正模样，就被磨刀霍霍的顾命大臣当作了猪羊，次子刘义真也成了陪葬。皇冠竟落到了偏安一隅却从未梦过的三子刘义隆头上。

在巍然矗立的刘宋帝国大厦中，文帝刘义隆（407—453）堪称栋梁。他世事洞明、人情练达。目睹一幕幕血淋淋的宫廷惨剧，他不住思量：君王是什么？是至高无上，是主宰一切的人。君王的事业是什么？是江山，是天下。那么，这一切，为什么都要徐羡之之流说了算呢？生杀予夺，上上下下，莫不如此。今天，他们高兴了，可以拥我为帝，哪天，他们玩腻了，也可像废杀义符、义真兄弟那样，把自己废杀！这是哪门子道理？又是哪门子王法？顾命大臣，究竟是在顾谁的命？每当夜静更深，文帝总是面对高烧的红烛，双眉紧锁，心潮逐浪。

时光从容不迫地流去，屈指算来，文帝明修栈道暗度陈仓已两年有余。元嘉三年（426），新年的钟声还在荡漾，一向以“孙子”面目示众的文帝突然以迅雷不及掩耳之势发难，一举拿下了平素当“爷爷”供奉的徐羡之、傅亮。惊魂未定的谢晦急忙发动兵变。文帝御驾亲征，谢晦并弟皭来不及喘息，就被杀无赦。在历史的这个节点上，文帝抒写了足够震撼的一笔。我以为，对这曾受父王"托孤"的政治势力，纵然是万流景仰的一代雄主也未必下得了手，但文帝却是雷厉风行、手到病除，使自己从一个傀儡成为真正君临天下的主人。由此，我又想到了康熙，一个14岁亲政的孩子，16岁就彻底清洗了和自己长辈有密切关系的鳌拜集团，兴许也是受了文帝的启发。

从此，文帝放开手脚，开始了他"集权中央，氓庶蕃息，民有所系，吏无苟得"的"元嘉之治"。刘义庆、鲍照、裴松天、范晔、颜延之、祖冲之、何承天……一众对后世文化影响深远的名人都崭露头角，归隐在家的谢灵运亦被征召为秘书监。

东晋谢安退职后隐居东山，四十多岁后再次出山从政，官至宰相，留下了"东山再起"的佳话。这次谢灵运重新出山，他亦期盼自己能像叔父谢安那样，来个"东山再起"的翻版，在文帝掌舵的这艘大航船里，纵横捭阖，大展拳脚。但事实是，文帝虽"日夕引见，赏遇甚厚"，但压根儿没有想过让他参与朝政。文帝启用灵运，是因为他"诗书独绝"，是高级文人，社会名流，是维护王权、点缀升平的美丽饰物。所以，充其量也不过是"使整理秘阁书，补足遗阙。又以晋宋一代，自始至终，竟无一家之史，令灵运撰《晋史》"而已。这一来，谢灵运应召时的一点雄心壮志，一点应有所作为的抱负顿时烟消云散，绵绵冷气充盈心胸。于是，对文帝交办的撰史工作，不是消极怠工，就是敷衍应付，"粗立条流，书竟不就"。对文帝要他在著宋史时写上"晋恭帝禅让帝位宋武帝"，尤是置若罔闻。最后竟然"多称疾，不朝直，穿池植援，种竹树堇，驱课公役，无复朝度。出郭游行，或一日百六七十里，经旬不归，既无表闻，又不请急"。谢灵运以为闹下情绪，给皇帝瞧点颜色，就会对他刮目相看，就会让他参与朝政。这真是神气勿清了！文帝会在乎一个诗人的架子吗？即使所有的诗人都滚蛋，他也不会损伤一根毫毛。好在文帝有一个胜利者的大度和宽容，他并未降罪灵运，只是让人授意他自请解职。灵运遂以患病为由，告假东归，继续过那"以文章赏会，共为山泽之游"的浪漫生活。

对于谢灵运的思想情操，有不少学人批评他"并无高尚的理想，他在政治失意时游山玩水，只是在声色狗马之外寻求感官上的满足，并以此掩饰他对权位的热衷"。抨击他的作品"根本提不到人民性的高度"等等，不一而足。这是片面的解读。鲁迅先生说过："盖世之评一时代历史者，褒贬所加，辄不一致，以当时人文所现，合之近今，得其差池，因生不满。若自设为古之一人，返其旧心，不思近世，平意求索，与之批评，则所论始云不妄。"所以，我们不能以今日的时代精神去要求一千六百年前的古人，否则便会陷入歧途。实际上，谢灵运和古代许多爱国爱民的文人学士一样，拥有浓烈的中华儿女的民族观念和情怀。公元416年，刘裕率师伐后秦，收复洛阳，谢灵运奉使劳军于彭城，豪情满怀地写出《撰征赋》，对维护国家统一，制止外来侵略的正义之战，予以热烈赞颂："惟王建国，辨方定隅，内外既正，华夷有殊……顺天行诛，司典详刑。树牙选徒，秉钺抗旍。孤矢馨楚孝之心智，戈棘单吴子之精灵。"读来感人至深。谢灵运在担任相国从事中郎、世子左卫率期间，就被刘裕罢过官。这次，他又被文帝劝退，面临再也难以过问政事的逆境，但仍然义薄云天，上书《劝伐河北》于文帝，痛陈中原至今未复，实乃国家和人民之耻辱，力倡北伐，收复失地，洗雪国耻。时至今日，我们依然能从他酣畅淋漓的笔墨中感受到那种为民请命的殷殷情、拳拳心。

谢灵运与刘义康

若以文才相比，谢灵运自是高高在上，刘义康给他递草纸犹嫌不配；若以处世论，两人位置则是相反，刘义康在天，谢灵运在壤。

彭城王刘义康，被时人盖上"朝野运转轴心，权力盖过天下"的印记，并非浪得虚名，而是大有来头，小有讲究。他是宋文帝同父异母之弟，执掌朝纲，凡他提出的奏议，文帝没有不批准的。朝士中有才能的，他都罗入门下。文帝有虚劳之疾，常常意有所想，心便痛煞，呼吸微弱，有时，需用薄薄的丝棉放在口鼻前才知呼吸状况。这时，刘义康会主动前去，服侍用药，晨昏相守，朝夕不懈。故对义康，文帝有时连君臣之礼也是免除。到后来，四方供奉，都将上品献给义康，稍次的献给皇上。帝室的权杖渐渐向刘义康倾斜。

谁也没有想到，称病归隐远在会稽的谢灵运会撞在他的枪口上。

事情得从元嘉八年（431）说起。

是年夏日，文帝颁发了《垦田诏》，命郡县"咸使肆力，地无遗利，耕蚕树艺，各尽其力"。谢灵运热烈响应，上书求会稽东郭回踵湖为田。文帝批示州郡履行。会稽太守孟顗却以"水物所出，百姓惜之"为由，坚执不允。谢灵运遂改求始宁休崲湖。孟颛依然。谢灵运怒不可遏，恶语相向。孟颛遂以"灵运横恣，百姓惊扰"为辞，表奉文帝，告灵运心有异志，图谋不轨，求治其罪。又大造舆论，公布灵运罪状，调兵巡逻，称防灵运反叛。此事本无大碍，怎么一接触就成了生死相搏的景象了呢？说到这，我不得不提及下面两事。

早年，谢灵运在会稽城郭千秋亭和王弘之等人饮酒，酩酊中裸身大呼。孟颛以不成体统相劝。灵运反讥孟颛痴呆。这还是小事一桩。锥心的是，有次灵运和孟颛谈论佛经，对经义的理解有了分歧，灵运竟当面嘲笑孟颛：升天当在灵运前，得道必在灵运后。（《南史》本传）气得孟颛嘴角抽搐，骨节格格作响。这次，孟颛的所作所为乃是久郁于心的"岩浆"终于喷发。

胸无城府的灵运不料孟颛有这一手，惊惧中觉着末日降临一样。他昼夜兼程进京，呈上《自理表》，陈述自己遭诬经过，揭露对方心狠手辣，言说自己哭诉无门的艰难处境。文帝深知灵运狂放不羁的个性，告其图谋不轨似是言过其实，审慎之下，诏他为临川内史，让他离开始宁，离开这个是非之地。

孟颛见灵运不仅没被治罪，还做了官，加秩中二千石，不由气噎心田。他找上刘义康，要他将灵运拿下。他心想，我女儿给你做了妃子，这事焉能不帮！

谢灵运到达临川，行径仍和任永嘉太守时一样，巡视郡县，视察地理，乘兴作诗，寄情山水。哪知刘义康阴魂不散。他正事反说，言谢灵运"在郡游牧，不异永嘉"，遣随州从事郑望生收谢灵运治罪。谢灵运岂肯无事就范，反将郑望生羁押。刘义康遂以"兴兵叛逆"罪定谢灵运正斩刑。宋文帝欣赏谢灵运的才华，只免其官爵。刘义康坚不宽恕，文帝遂诏"降死一等，徙付广州"。

于是，长途押解。路人惊叹他的须美，却不知他就是谢灵运。于是，乱云飞度的国土上，一根麻绳捆着一个塔尖级的伟大诗人，踽踽而行。当诬陷者和办案者已水乳交融般合成一体时，纵是国宝，也会当成罪孽的化身。

事物的发展往往给处心积虑的人以可乘之机。

翌年，文帝染病，连早朝亦是不能。总揽朝政的彭城王遂以瞒天过海的手段，制造了一套证词，说村民告发，谢灵运与同党薛道双串通，安排人马途中营救……劫囚，这不是造反吗？那还了得！文帝需要的是写诗的谢灵运，为朝廷歌功颂德的谢灵运，而不是造反的谢灵运。刘义康，这个失去人格支撑的变态者，终于击中了文帝的软肋。于是，曾称天下文才共有一石，曹植占去八斗，自得一斗，余下的一斗由古今文人分享的谢灵运被推上了断头台；于是，一个经历了三个朝代，七个皇帝，饱尝了战乱频仍之苦的一代人杰，在历尽抱璞而泣血的痛楚之后，犹如一颗划破天际的亮星戛然陨落。时元嘉十年（434），年四十九。司马光说："灵运恃才放逸，多所陵忽，故及于祸。"要是他的心态平和一点，遇事谨慎一点，想得的东西减少一点，那么，他的成就超过才高八斗的曹植不是没有可能。曾盛赞过谢灵运的梁简文帝，在《诫当阳公大心书》里，对他儿子说："立身之道，与文章异。立身先须谨重，文章且须放荡。"不啻醍醐灌顶。

尝读钟嵘《诗品》，说谢灵运"其源出于陈思"，陈思者，陈思王曹植也。他在《与汤德祖书》中曾说："吾虽德簿，位为蕃侯，犹庶几戮力上国，流惠下民，建永世之业，留金石之功，岂徒以翰墨为勋绩，辞赋为君子哉！"这种思想和谢灵运"自谓才能宜参权要，常怀愤愤"，是何等的相似。而李白，也怀着和灵运一样的参政梦，想建功立业，结果，不但没有得到，还差点赔上了性命。从夜郎赦免回后，政坛已没有他的戏，那怎么办？就想到了不归路。船行江心，他看到了月光下自己的影子，对船家说，老朋友来接我去享荣华富贵了。于是扑通一声，跳下水去。李白还曾经在《酬殷明佐见赠五云裘歌》诗中惦念谢灵运："故人赠我我不违，着今'山水含清辉'。顿惊谢康乐，诗兴生我衣。襟前'林壑敛暝色'，袖上'云霞收夕晖'。"细细想来，这三人都富有政治抱负，但都欠缺政治家的雄才大略，单凭一颗赤子之心，不碰得头破血流，那才怪呢！所以，我以为，我们将谢灵运的一生说成半是曹植半李白，是十分形象的，很有意思的。

谢灵运和故乡

众所周知，唐代有杜甫、李白、孟浩然、宋之问、韦应物、顾况、崔颢、罗隐、刘长卿、温庭筠、王维、孟郊、戴叔伦等342位诗人，相继由钱塘江，经绍兴，入剡溪，穿越浙东七州，踏出了一条光焰皙皙的"浙东唐诗之路"。殊不知，早在晋宋之际，谢灵运就和他的友人昙隆、王弘之、孔淳之，族弟惠连、东海何长瑜、颍川荀雍、太山羊璇之等踏遍剡山大地，开启了弘扬剡溪山水人文诗路的大门。

谢灵运出生于会稽（今浙江绍兴）始宁县东山西，一座名为始宁墅的庄园里。因是独子，家庭倍加疼爱，早早安排他去钱塘寄养，15岁才回到京都建康。宦海浪迹二十余年，弃官归隐，在始宁墅生活了七年之久。

永初三年（422），刘裕驾崩，徐羡之、傅亮、谢晦辅政。晾在一旁的谢灵运被冠上非毁执政之名，远贬永嘉太守。正是这种揪心的倾轧，使他彻底洗去了对官场的热衷，去寻觅无言的山水，寻觅远去的古人。于无声处开辟对话的渠道，光耀诗坛的山水诗作应运而生："春晚绿野秀，岩高白云屯"（《入彭蠡湖口》）；"明月照积雪，朔风动且哀"（《岁暮》）"白云抱幽石，绿筱媚清涟"（《过始宁墅》））……不但应运而生，而且以独特的清新的魅力，将发轫于东晋诗坛的玄言诗打入了冷宫，轰动朝野。同代人鲍照、汤惠休说谢灵运的诗"如芙蓉出水"；陆时雍言"熟读灵运诗，能令五衷一洗"（《诗镜总论》）。《宋书》谢之本传也说："每有一诗至，都邑贵贱，莫不竞写，宿昔之间，士庶皆遍，远近倾慕，名动京师。"声誉之隆，比现今的畅销书作家，不知要高出多少倍。

待谢灵运第二次归隐，所作山水诗可以排成长队，"名章迥句，处处间起，典丽新声，络绎奔会"（梁·钟嵘《诗品》卷上）。而所作的《山居赋》，可说是旷绝古今。以前的名赋，如司马相如的《子虚赋》《上林赋》，班固的《两都赋》等，虽都写得汪洋恣肆，但恰如左思所指，"考之果木，则生非其壤；

较之神物，则生非其所。于辞则易为藻饰，于义则虚而无征"。而左思自己用了十年功夫创作出的《三都赋》，写"山川城邑，则稽之地图"，写"鸟兽草木"，则"验之方志"。可谓铆足了劲。但由于未经实地勘查，仍不免有想象之辞。只有谢灵运的《山居赋》，无论"自园之田，自田之湖，泛滥川上，缅邈水区"，抑或庄园的扩建，尽皆亲历。所以，它不仅是一篇洋洋万言的山水赋，更是地理学家、动植物学家研究当时山川、物产、精舍、作坊、农林渔副各业及庄园周边人文地理的珍贵史料。灵运山水诗开山鼻祖之位就此奠定。

文王拘而演《周易》；仲尼厄而作《春秋》；灵运远贬，始作山水之诗；逐归，厥有山居之赋。人世间荣誉的桂冠，都是用荆棘编织而成。

谢灵运本想在故乡的怀抱里温暖终生。但血色的国家机器将他碾入了不归之路，空留归隐不得的遗恨。故乡的人们却没有忘记这位亲人，这位卓尔不群的大诗人。在今嵊州市仙岩镇、下王镇、剡湖和浦口街道北部的山区，因谢灵运袭封康乐县公时居此游此，遂有康乐、游谢两乡；谢仙君庙为两乡的乡主庙，奉谢灵运为乡主，立像祭祀；谢晋导演的电影《舞台姐妹》曾在此拍摄外景。谢岩村是谢灵运南居石壁精舍、石门楼所在地，人们取其姓和《石门岩上宿》诗，故名。仙君洞在仙岩镇石坑村，位嵎山近峰处，上有巨岩覆盖成穴，即谢灵运《山居赋》"近南"所记之"石室"。石门山在嵊城西北25里，谢灵运《游名山志》曰："石门山，两岩间微有门形，故以为称。"（《艺文类聚》卷八）后人敬之，不改其名，自宋《剡录》至明清县志，皆载此山，并以谢灵运石门诗相附。此外,还有康乐弹石、谢朓岩、谢公山、康乐石床、谢灵桥、谢公墩诸古迹。家乡人金午江、金向银还专门撰写了一本研究谢灵运《山居赋》和山居诗的专集《谢灵运山居赋诗文考释》以作纪念。谢灵运存世的遗迹和他的诗文一样已穿越时空成为剡溪乡土文化中绚丽的一章,成为故乡人们心田中不可或缺的珍贵财富。

・时光深处的云淡风轻
——贺知章

照天性来说,每个人,无论何时何事,总是希冀"如意"伴随自己。这自然是最美不过的,可事实上,只是一厢情愿而已。

诚然,一个人,在红尘中,在仰首伸眉、求仁得仁之时,觉着称心,觉着如意,是完全可能的。但是,就其一生来说,自始至终,无时不开心,无事不如意,这样的吉星,是绝对没有的,纵然放眼古今,思接中外,亦是如此。老祖宗说:"不如意事七八九。"就在告诉我们:人的一生,如意难得,不如意才是常情。试问,有谁不是啼哭着来到世上的呢?

然而,凡事也有例外。开元初期,与包融、张旭、张若虚号称"吴中四士"的贺知章就是和前面所说的吉星水准近在咫尺之人。他字季真,又字维摩,会稽(今浙江绍兴)人,晚年自号"四明狂客",659年出生,744年去世,云淡风轻地生活了大半个世纪。在我国历史上,在那"放手任官,严酷治官"的时代,贺知章,不仅他自己觉着称心,觉着如意,他的同行,也这样认为。不仅这样认为,而且还倾慕莫名。大名鼎鼎的工部尚书陆象先对贺知章的为人就推崇备至:"贺兄言论倜傥,举止脱俗,真乃清谈风流之人。我和别的名门子弟无论分别多久,都不会思念,但只要一天不见贺兄,就会滋生出鄙俗的习气来。"因而,我们说,仅仅是自己觉着如意,那还是不能作为定论的,谁晓得你是吹牛抑或打肿脸充胖子呢?唯有他人亦如是认为,才是名副其实,不掺和半点水分。这一番颂扬贺知章的话语,出于正三品朝官之口,自有一诺千金、一言九鼎的力道。

所以,对贺知章,不论你感受如何,对他这种能显现全方位如意的行状,我们在心悦诚服的同时,去探寻其背后的深层蕴含,是很有意思的。

按理说,贺季真的如意与否,与旁人是不搭界的,是风马牛不相及的。那么,为何要将他的如意纳入议事日程呢?关键就在于这老人家的一生,竟然经历了武后、中宗、睿宗、玄宗四个朝代。要是他是个名不见经传、无足轻重的无聊文人,也就算了,做皇帝的绝不会把目光瞄到草芥般的卒子身上的。但他偏偏是浙江有史以来的头名状元,是震动文坛,官至太子宾客秘书少监的巍巍朝官,是响当当的元老级人物哪!俗语说"出头的椽子先烂",这样的一个大人物,在皇帝的铁血统治下,既未受过"卧榻之旁,岂容他人酣睡"的浩劫,也未挨过扇耳光拧耳朵的阵痛,你想想,这是多么不可思议呀!不仅如此,他还踌躇满志地上朝下朝,怡然自得地吟诗写书,轻裘缓带地风花雪月，这岂不是让人惊讶得闭不拢嘴的事儿吗？这个中的奥秘在哪？众人左猜右测，仍在云里雾里，难道这位老人家真的是吉星下凡不成！

贺知章生活在初唐至盛唐。这是一个国家统一繁荣昌盛的时代，可在思想范畴上，意识领域中蛰伏的刀光剑影、血雨腥风并未稍息。对朝臣和文化人士的猜疑、防范，对持不同政见的杀戮、清洗，尤是无孔不入的。

唐太宗的第一辅臣长孙无忌，乃唐高宗的母舅，历任三朝，做宰相三十多年，对王室忠心耿耿。武则天为独掌朝纲，竟着人诬告他谋反，借李治之手，将其流放到黔州（今四川彭水），然后逼其自尽。手下的一众官员，亦黜斥殆尽。

宰相裴炎乃武则天亲信，曾冒天下之大不韪，帮武则天以子虚乌有的罪名，废除了唐中宗，让睿宗上位。事后，武则天又想取而代之。裴炎以为不可。武则天便用文字狱手段将裴炎书信中"青鹅"两字分拆成"十""二""月""我""自""与"诸字，言裴炎将在十二月谋权篡位，下令杀无赦。大臣胡元范、刘齐贤、程务挺上奏说，裴炎身为顾命大臣，绝无造反之理。结果，胡元范被流放琼州；刘齐贤被贬为吉州长史；程务挺竟被刺杀于军中……在武则天实际执政的四十年，御批的诏狱里，关押的，砍脑袋的，流放的，充军、为奴的，满门抄斩的所谓罪人，难以数计。权术、阴谋使历史失去了能够放得到台面上来的精神魂魄，象征国威的金銮殿成了一块烙人的"铁板烧"，不时冒出"嗤嗤"的热气，无论你是为国，抑或为民，凡撞我马头者，自是清洗上不分巨细，铲除上不分等级，杀戮上不遗余力，可谓无所不用其极。想起民国时期,深感危机叵测的蒋介石,面对持不同政见的民族精英,狂呼"宁可错杀三千,不可放过一个",何其相似!

所以,贺知章在这貌若火山般美丽,实则危机四伏,随时都有喷发危险的年代里,不仅毫毛未丢一根,而且称心如意地活到了86岁,安享天年,能不令人羡慕嫉妒恨?能不令人目为奇迹?能不令人拍案叫绝么?须知,当时在朝为官,文词俊秀闻名京城的吴越之士"独知章最贵",不论哪个皇帝,若想给他点颜色看看,是不费吹灰之力的,但是,唯我独尊的皇帝,不仅从未想到要给他看颜色,而且还将他视为当行出色的上宾,视为卓尔不群的才俊。

开元十三年(725),贺知章升任吏部侍郎,兼集贤院学士。有史以来,只有胸怀先王之道,精通经纬之文的英才方能有此恩宠。未几,唐玄宗又赐他为皇太子右庶子,充侍读。一次次升迁,一次次快意,一次次愉悦,一次次欣幸。

这一年,唐玄宗封东岳泰山,冬十月辛酉日,从东都启程,十一月丁亥日抵达行宫。数天后,侍卫并仪仗队在山下绵延百里。玄宗与宰臣及外坛行事官登于山上斋宫之所。为保灵山清洁,避免喧哗,玄宗下诏群臣于谷口待命,只召贺知章上山讲定仪注,然后依言完成祭天大礼。这份殊荣多少人梦寐以求,但穷其一生都只是可望而不可即。

随后,李亨(后之肃宗)被立为太子,贺知章又荣升为太子宾客,银青光禄大夫,兼正授秘书监。真是风来花争艳,时至鸟迎枝,如意之极。

所以，我是十分钦慕这位老先生的。他的赏心乐事，他的春风得意，和那些不时愁眉锁眼，惴惴不安，不时有芒刺在背之感的同事相比，差别何止云泥！常言道："吉人天相。"我想，称他是吉星兴许有点夸饰，称他是吉人，应该是曲尽其妙的。

众所周知，倜傥、旷达的贺知章从小就以文辞出色名闻乡里；嗣后，又以博学宏达、擅书法、精诗词深受颂赞；而他识人惟才，见贤思齐，惺惺相惜，提携李白，使之扶摇直上，成为划时代的巨星，更传为千古美谈。

天宝元年，诗人李白初到京城长安。当时，人们根本不知道李白是谁，无法可想的他只能日复一日盘桓在旅舍。一天，他忽然心血来潮，想到了有"诗狂"之誉的贺知章，便带着诗作到紫极宫求见。贺知章见李白气宇轩昂，飘逸超群，心里暗暗喜欢，待读毕他奉上的《蜀道难》，竟被诗中变幻莫测的想象，宛若狂飙的气势，潮水般起伏的情感所倾倒，誉李白为"谪仙人"，亲邀李白一醉方休。因当时仓促，忘带足够银钱，贺知章不惜解下随身佩戴的金龟充作酒钱。李白阻拦说："这是皇家按品级给你的饰品，怎可用来换酒。"贺知章道："这算什么，你不是说过，'人生得意须尽欢，莫使金樽空对月'么！"朗笑声中，两人推杯换盏，欢娱之状，如获至宝。其时，贺知章已八十有四，李白才四十二岁，真正的忘年之交。

在贺知章的举荐下，唐玄宗在金銮殿上隆重召见。当李白远远步上台阶，玄宗竟步迎上前，君臣问答，恍若高山流水。欣喜之极的玄宗"以七宝床赐食"，且"亲手调羹"，下诏留在身边。从此，李白"置于金銮殿，出入翰林中"，风光无限。

李白的幸逢伯乐，使我想到了苏东坡的"乌台诗案"。两人都是一代文豪、诗坛大家，然遭遇却何啻天渊。

元丰二年（1079）三月，苏东坡由徐州调任太湖滨的湖州，作《湖州谢上表》，感谢皇恩浩荡。这本是最正常不过的事。但御史何正臣断章取义，摘引表中"新进""生事"等语，上告苏轼"愚弄朝廷，妄自尊大"，御史舒亶亦趁机下石，告诉皇帝苏轼确"有讥切时事之言"。皇帝不信，舒亶遂以小人之心，一字一句地读给皇帝听，谎话重复多了也变成了所谓的真理，心中只有自家江山的神宗皇帝亦生起疑来。

此时，李定上场了。身为御史中丞的他，居然建议一步到位将苏轼处以极刑。说他"初无学术，滥得时名，偶中异科，遂叨儒馆"。还说，皇上虽对他宽容已久，冀其改过自新，但苏轼拒不从命；其"所为文辞，虽不中理，亦足以鼓动流俗"云云，捏造之恶，诬陷之凶，即使是首创"莫须有"罪名的秦桧，也要自叹弗如。

至于王圭，更是一个不知羞耻为何物的人。凭着资历和地位，他一向认为老子文章天下第一。现在，苏轼，一个后起之秀，名头居然盖过了自己，那还了得，遂挖空心思，在苏轼一首写桧树的诗中找出"蛰龙"两字，硬说"苏东坡对皇上存有二心"。虽然皇帝也觉不解，说"诸葛亮还叫卧龙呢！"但这一人品上的无赖，诽谤上的大家，却死死抱定将苏轼一棍子打死的宗旨，装出职责所在无可奈何的模样，哽哽咽咽地将苏轼上线上纲。尽管苏轼拥有智慧的光亮，可在一群能使皇上都陷进谣言的泥沼而无法自拔的"行家里手"面前，怎么着也是无奈他何。于是，生命的天平严重倾斜，于是，苏轼也就成了"诟辱通宵不忍闻"的罪人。

为什么一团团驱之不散的腐朽之气，一堆堆飘忽无常的阴鸷声音会汇成一股冲天浊浪，将苏轼裹挟于中，至遭灭顶之灾呢？其弟苏辙说得好："东坡何罪？独以名太高。"他太出类拔萃，太头角峥嵘，太让周遭的文人黯然失色了。于是，他们就绞尽脑汁，找出自己最痛恨的地方下手。《水浒传》中的泼皮牛二就是这样粘上好汉杨志的，杨志一退再退，直至无路可退，只好出手将他杀了。可这样一来，犯法的不是牛二，却是杨志。唉，人性中赤裸裸的恶，远远超乎想象！

经此，我们可知，贺知章的品行是多么光风霁月，胸怀是多么博大宽广，性情是多么疏狂豪放。于李白来说，要是贺知章也像何、舒、李、王一般，那么，他纵然"垂明月之珠，服太阿之剑"，亦甭想"好风凭借力，送我上青云"；那么，中国的文学史就会少了"诗仙"的席位。

这位唐武后证圣元年（695）中得的进士、状元，到天宝三载（744）辞官返乡，已是86岁的垂垂老人。离京前夕，唐玄宗亲写《送贺知章归四明》诗赠别，诗前还十分郑重地抒写序文，赞扬贺知章知足退步的本愿，以迟暮之年重袭古人挂冠离任之美事，劝勉人们学其忠君和至亲的衷情，并予以发扬光大，闪耀史册。在玄宗"供账青门"的圣旨下，自皇太子李亨以下的当朝权贵几乎如数出席了钱别宴会，且人人竞相赠诗，仅《会稽掇英总集》所载，就有三十七首之多，白雪皑皑之中，"玄鹤摩于紫霄，吹笙击鼓，尽是仙乐，闻者无不增叹"，盛况远胜兰亭集会不说，美誉尤是举世无双。

在百官的送行中，如愿以偿的贺知章一叶轻舟，经南京，过杭州，沿萧绍官河直返故乡。时值早春，太阳黄澄澄地照耀着，无边无涯的云天晶蓝、透亮，拂堤杨柳荡起了欢快的秋千，枚枚嫩芽、细叶在春风的摩挲下竞相萌发……看着这一切，贺老先生笑了，捋着花白的胡须笑了，波平如镜的心湖漾起了春日的情潮：

碧玉妆成一树高，万条垂下绿丝绦。不知细叶谁裁出，二月春风似剪刀。（《咏柳》）

那一句句用别开生面、光照中国书法史册的笔墨写成的诗，经柳树映出了整个春天；由似剪春风赞美了创造性的劳动，构思之新，比喻之妙，意境之雅，令人拍案。我们姑且不说诗里是否蕴含着盛唐的时代精神，单就个中涌动的春天气息，就让人禁不住如大观园中的湘云般放声呼唤："且住，且住，莫使春光别去！"而再看那《回乡偶书》（其一）：

少小离家老大回，乡音无改鬓毛衰。

儿童相见不相识，笑问客从何处来。

一种期待的情愫，一种亲切的氛围，分明将我们柔柔地笼住，我们的怀想和思绪，仿佛都汇聚到了童稚热烘烘的目光与清亮似水的问候里。

尝读契诃夫《写给阿·谢·苏沃陵》友人的一封信："如果我是医生，那我就需要病人和医院；如果我是文学家，我就需要生活在人民中间，而不是在小德米特罗甫卡（莫斯科的一条街——注）跟一个猫、鼬鼠生活在一块儿……"初时未细细领悟，现想到贺知章，留存至今的十九题二十首诗中，闪耀在文学史册中的杰作也就是《咏柳》和《回乡偶书》，而这两题正是他告老还乡，在家乡亲人般的氛围和美好的田园风光中孕就的。一联系一回想，就知晓了契诃夫所言的真谛，洞明了：任何伟大的天才，如果离开了当时当地的社会生活，仅仅依靠前人的创作经验，是写不出好作品来的。

春天，真是个美好的季节。它不仅能开启贺老先生的感情之门，且能激活英国大诗人拜伦的心灵之泉。有年春天，拜伦看见一盲人在沿街乞讨，牌子上写着"自幼失明，沿街乞讨"。但盆中只有零零星星几个小钱。拜伦同情之余，立马提笔，将它改写成"春天来了，我看不见"八个字。人世间难道还有比看不见春天更痛苦的事情吗？于是，过路人等一见之下，纷纷解囊相助。这既是文字的力量，更是春天的魅力。所以，贺老先生从一个血气方刚的青年，到须发皆白的老人，整整五十年，在长安这座都城中，在自己的领域内，当仁不让，助力开元盛世的形成，心中是常驻有朗朗春光、盈盈春意的。虽然并无文字记载，但我还是这样认为。

在熟悉的故乡，贺知章身心俱美地生活了一载，终于抵达了人生的大安详。十四年后，唐肃宗李亨下诏追贺知章为礼部尚书，对他的气度、襟怀、神志、才华，用会稽山高挺的美箭，昆仑冈深蕴的美玉来比喻。那一份光耀，那一份哀荣，可谓登峰造极。

贺知章离世后，因怀念和仰慕他的文品和人品，前往他故里拜访的名士、诗人不绝如缕。李白、朱放、朱庆馀、温庭筠……

且多有缅怀诗文;直到唐朝覆亡之际,前往瞻仰贺监故居的仍大有人在。曹松在《贺知章官至秘书监,忆镜湖山水,上疏明皇放归乡土,仍赐镜湖山河五百里,曹松题镜湖诗》中怀念莫名:"不因良臣写清光,照见越州年岁长。里许云山更孤峭,一时宣赐贺知章。"可见在后人的心目中,贺知章不仅已和鉴湖山水、越地风光融会一体,其盖代文名,福慧双修,亦为众人仰望。

行文至此,已近尾声,可是,由王钦若、杨亿等,奉宋真宗之旨,编纂的大型类书《册府元龟》中所记一事,却意外地让我们瞧见了一个并非时时开心,并非事事如意的贺老先生:天宝二载(743),贺知章身染重疴,昏天黑地中,他觉着自己好像来到了皇帝日常起居的宫中,迷离恍惚间,感到惊异而又畏惧的他不知所措,几天后方清醒转来。于是奏请皇上,求度他和稚子为道士,回归故里。

人们常说:"日有所思,夜有所梦。"我们虽难断定,贺老先生在迷离恍惚中惊惧的究属何事,可史载"挑选挽郎"一页似乎理在事中。

唐玄宗东封泰山不久,其四弟惠文太子申王去世。玄宗让贺知章负责选拔挽郎,不少官宦子弟都前来争抢这一肥缺。可僧多粥少,落选之人遂以贺知章选拔不公为由,聚众前往贺府讨要说法。已过花甲之年的贺知章见群情激愤,不敢开门,让人将梯子靠住围墙,自己登上墙头辩解,情急中脱口说出,皇上的大哥也快不行了,你们还有表现的机会。此事虽暂平息,可贺知章所言却被传开。玄宗倒是显露了一个至高无上者的宽容气度,未直接降罪于他,然朝廷却改任他为工部侍郎,降职固微,警钟甚响。我曾细细思虑,觉得当时那焦头烂额的一幕,那悔青肝肠的失言,是在他心灵深处留下难以言说的伤口的,随着时光的流逝,那伤口不仅没有愈合,反而会猫抓般不时刺痛。因而,当他在一条辛劳而又风光无限的长路上继续跋涉,累了,病了,昏迷中幻现那由不时刺痛孕成的惊惧,也就不足为奇了!待得清醒,久经官场的他自会在一身冷汗中醒悟"月满则亏,水满则溢"之理。于是才会毅然扯断那根世俗经纬,远离危机四伏的权力中心,远离是是非非的政治漩涡,在田园风光中洗刷掉那些只有走运时才会追慕的虚浮层面,回归生命的本真。

因此,我这里想说:"凡事是有例外,但更有意外。"

因此,我这里要说:"无论何时何事,总是希冀'如意'伴随自己,自是最美不过,可只是一厢情愿而已。"

·氤氲千年的浩气
——陆游

陆游是由于那阕九曲回肠的《钗头凤》而颤动人们的心灵的。那一脉凄清哀婉,尤其是"一怀愁绪,几年离索""山盟虽在,锦书难托"……的灵魂写真简直成了他的爱的绝唱,闪耀于文学史册,超群绝伦。因此,他遂被视为情的至尊。而当我们穿越时光的烟雨细细品咂他的至情时,方知晓,在中国几千年的古典文学史中,能在伤心欲绝中将温馨旧梦咀嚼半个世纪而不衰的诗人除了他似也再无第二人。而从对他的解读,我们又可知晓,陆游毕生的际遇和他凄凄惨惨戚戚的婚离相比,则更有过之而无不及。

陆游,越州会稽(今浙江绍兴)人,宋徽宗宣和七年(1125)出身于富有文学传统的官宦世家。祖父陆佃,官至尚书左丞,以素履端方刚正不阿留名青史,父陆宰,富学术,擅诗文,曾官至兖州荆门军、京西路转运副使。按理说,生活在这样的家庭,自是花好月圆鹊笑鸠舞,然而事实是,他出生的第二年,北宋就沦亡了。从此,历史的长空不再晴方日好;滚滚红尘尽是鬼哭狼嚎……且看下面二首诗:"我生学步逢丧乱,家在中原厌奔窜,淮边夜闻贼马嘶,跳去不待鸡号旦,人怀一饼草间伏,往往经旬不炊爨。呜呼,乱定百口俱得全,孰为此者宁非天!""家本徙寿春,遭乱建炎初。南来避狂寇,乃复遇强胡。于时髧两髦,几不保头颅。乱定不敢归,三载东阳居。"惨酷的记忆的血,已经渗透了思考,在陆游韧长的血管里奔流。绍兴三年(1133),陆游全家才像惊弓的鸟儿回到故乡会稽的巢里。尽管置身劫灰,尽管伤心触目,年方九岁的陆游仍过起了摩顶放踵、焚膏继晷的日子:"少年志力强,文史富三冬;但喜寒夜永,那知睡味浓。"因而,12岁上已会诗文的他遂着意在文学的天地中苦练纵横抉荡的功夫。其时,陆父虽已被劾罢官,奉祠家居,但仍忧心国事,每与来访忠臣义士商及国势危蹙,"未尝不相予流涕哀恸,虽设食,率不下咽引去。"时曾任参知政事的李光反对议和被罢官回归山阴,来陆家谈及秦桧误国,"愤切慨慷,形于色辞"。父辈为了国家,生亦可,死亦可,罢官受黜更是无所不可的坚挺民族本色和铮铮铁骨赋予了他灵魂的支点,"上马击狂胡,下马草军书","丈夫可为酒色死?战场横尸胜床笫"的鸿志遂植根于陆游的心中。

人说,爱情降临时的美妙,非言语所能形容,或像风儿唱歌,或像蝴蝶跳舞,或像朝日初升,或像百花萌动……陆游步入爱河时就是如此。陆游19岁那年秋天,在绍兴府参加以诗赋为主的进士科初试中选,阖家欢欣鼓舞。当新桃换却旧符,陆家遂以烟花、爆竹、灯火、笑脸迎接来自四方的亲朋宾客。祝福和祈盼伴着欢声笑语降临在新婚的陆游和唐琬的心灵深处。洞房内,红烛高烧、几案精致,雕刻的并蒂莲,缠绕出一份难舍难分的柔情,红若醇酒的帘子涌动着一份热烈,一份喜悦。明眸如月、笑靥似花的唐琬颤抖的纤手操着小剪子,将自己的一缕青丝和陆游的绞在一起,包入锦帕,以示同心永结。唐琬之父唐意乃陆母的从兄,"文学气节为一世师表,建炎初,避兵武当山中,病殁"(《老学庵笔记》)。内忧外患中,唐琬远赴会稽,投亲于从姑母。唐琬秀外慧中,才情过人。婚后,他俩过的是浸在蜜汁中,浴在暖阳下,居在水晶宫的日子。

也许,上苍察觉了陆游超尘拔俗的才气,若是任其在温香软玉抱满怀中销却雄心,磨却锐气,那么,中国的文学史册兴许要留下空白的一页。于是,一份山重水复、泰极否生的人生试卷来到了陆游手中。

绍兴十三年(1143),依照"秋取解,冬集礼部,春考试"的规定,陆游以举进士试南省,至临安。自冬至春,踌躇满志,意气风发的他,"落笔辄千言,气欲吞名场",然却因"顷游场屋,首犯贵权""喜论恢复"名落孙山,只能徒自叹息"少年飞扬翰墨场,忆曾上疏动高皇",黯然返回家乡。

俗语云,人生得意事,洞房花烛夜,金榜题名时。而今,重振陆家门楣的热望成了南柯一梦,望子成龙的陆母急火攻心了。她硬生生将红萝卜上到了蜡烛账上:要不是唐琬,他会"惰于学"么?要不是唐琬,他会"放任"自流么?于是,"数遣妇";于是,日子被一种灰暗的色调所笼罩;于是,空气沉闷得能绞出水来。可纵然如此，唐琬仍是捧出一颗心来，可惜消不得陆母半点气去，不过两年，内心的期盼终被岁月的阴影淹没，在万般委屈和无奈中，唐琬只好走上改嫁陆游表弟赵士程之路。

从此，陆游步入了横遭"天磨"之途。

天磨之一，是伉俪生离，一汪真爱竟成旧梦。

和唐琬生离后，岑寂、彷徨、痛苦排着长队进入了陆游的生活，蚕食着他的灵魂，尽管母亲给他另娶了蜀郡人王氏为妻，可他总觉着有一双嫩若凝脂的素手牵动着他的情丝，在近在眼前远在天边的地方化着一个柔梦。绍兴二十一年春，陆游前往禹迹寺南的沈家花园赏春。一进园门，那蓊郁繁茂的树木，那花枝掩映的小径，那参差错落的楼阁，那古意盎然的草舍，那扶映花团的绿叶……无不沉淀着往昔的缱绻和温情，浮萍亭亭，水鸟和鸣，蜻蜓拥吻，可那能倾诉衷肠的梦中人在哪里呢？

也是造化弄人，正当陆游独自领受深积于伤心里的温馨时，唐琬和赵士程夫妇也来到了这里，一对离人，两双泪眼，愁怨交集的唐琬征得夫君的同意，让家童给陆游奉上酒肴致意。陆游吞下了这杯苦酒，被爱和恨的烈火煎熬而成的痛苦终于裂变，催促了一首哀婉凄清的心词的诞生。

一阕被代代痴情男女的泪水浸染得光彩熠熠的《钗头凤》——

"红酥手，黄縢酒，满城春色宫墙柳。东风恶，欢情薄，一怀愁绪，几年离索。错！错！错！春如旧，人空瘦，泪痕红浥鲛绡透。桃花落，闲池阁，山盟虽在，锦书难托。莫！莫！莫！"

情难自抑的唐琬含泪和之。

一阕让千百万寻梦者椎心泣血的答词——

"世情薄,人情恶,雨送黄昏花易落。晓风干,泪痕残,欲笺心事,独语斜阑。难!难!难!人成各,今非昨,病魂常似秋千索。角声寒,夜阑珊,怕人寻问,咽泪妆欢。瞒!瞒!瞒!"

春草无声,冷风无语,偌大的园子惟有天涯沦落人的心跳与呼吸。

……

现在,我诵读这段史料,陆游和唐婉间,那种晶莹至爱,那种欲罢还休的忍耐,那种灵魂颤抖的痛楚和无奈,像断线般的雨,流淌在我心田,滚烫的泪水,噙上双眼,心情青铜般沉重,思绪春草般疯长——

我感叹陆游对唐琬的真挚爱情。一条扭曲的婚姻锁链,一道世俗的道德藩篱,虽使两人劳燕分飞,爱情锁死心底,但思恋的岩浆却仍喷涌不息;68岁时,陆游专程到沈园凭吊唐琬,作《禹迹寺南有沈氏小园》:"枫叶初丹槲叶黄,河阳愁鬓怯新霜。林亭感旧空回首,泉路凭谁说断肠!坏壁醉题尘漠漠,断云幽梦事茫茫。年来忘念消除尽,回向禅龛一炷香。"等到75岁,陆游又写下了动人肺腑的《沈园》二绝:"城上斜阳画角哀,沈园非复旧池台,伤心桥下春波绿,曾是惊鸿照影来。""梦断香消四十年,沈园柳老不吹绵。此身行作稽山土,犹吊遗踪一泫然。"感慨莫名的陈衍评说《沈园》诗:"无此绝等伤心之事,亦无此绝等伤心之诗。就百年论,谁愿有此事;就千秋论,不可无此诗。"80岁那年陆游还夜梦沈氏园,《十二月二日夜，梦游沈氏园亭》："路近城南已怕行，沈家园里更伤情。香穿客袖梅花在，绿蘸寺桥春水生。城南小陌又逢春，只见梅花不见人。玉骨久成泉下土，墨迹犹锁壁间尘。"……一往情深。而在他离世前，即生命的孤舟漂泊了八十四年的春日，仍再次来到沈园，含泪苦吟："沈家园里花似锦，半是当年识放翁，也信美人终作土，不堪幽梦太匆匆。"一片痴情，惟天可表。

我钦佩陆游的大丈夫情怀。他考场失意、官场失意，在国破、情伤的煎熬中，仍有"虽九死其犹未悔"的刚强和坚韧；"楼船夜雪瓜洲渡，铁马秋风大散关"，北征抗侮收复失地的雄心始终不渝，志向高远，襟怀壮阔，令人肃然起敬。

我心悸封建传统势力的强大。它，竟能使姑姑兼婆婆的陆母丧失骨肉亲情；它，竟能使有"十年学剑勇成癖，腾身一上三千尺"凌云豪气的诗人束手无策；它，竟能毫无休止地导演着一幕又一幕悲剧，让权势与利欲的烈焰焚毁纯真的爱意；时至今日，我们偶尔还能听到一些痴男怨女匍匐在它的脚下哭泣！

也许似名香愈经燃烧或压榨其香愈烈一样，有着五千年历史，有着陆游和唐琬，梁山伯和祝英台，"祥林嫂"的绍兴，也磨砺出一批又一批反封建的斗士、伟人，陶成章、徐锡麟、秋瑾、鲁迅、蔡元培、周恩来……他们在黑暗中猛醒，舍生取义，杀入封建营垒，"富贵不能淫，贫贱不能移，威武不能屈"，开辟出一条通向光明的不朽之路……

陆游遭受的天磨之二，是爱国有罪，屡主北伐屡被贬谪。

绍兴二十三年（1153），桃花如雨柳似烟的时节。一辆车子出了绍兴西门,"得得得得",向着临安驰去,春天的风把帘子掀动起来,露出陆游瘦削清癯却又略显憔悴的面容。心上人虽不幸离去,但"穷则独善其身,达者兼济天下"的大丈夫情怀,仍激荡着他的心,他要以卧薪尝胆的毅力再赴临安应试。通过省试,翌年就可参加殿试。那么,离抗金之举也就近在咫尺了。然世事往往丝纷棋布,秦桧之孙秦埙居然也在应考之列。靠了门荫制度,秦埙虽已官居敷文阁待制,可他还想"好风凭借力,送我上青云",还想在秦桧的庇护下直过省试、殿试,攫取状元及第殊荣。这年,主考官是两浙转运使陈阜卿,面对秦桧孙儿和应答如流、无出其右的陆游,以选贤任能为己任的他遂将陆游"擢置第一,秦埙居其次"。气噎心胸的秦桧抚摸着花白的胡须,发出了诡谲的笑声。

殿试之期到了!翻过了省试这座山的陆游再次过关夺隘,又拔头筹。但命运的河道却在这里拐了个一百八十度的急弯,待得发榜,他的大名竟然"黄鹤一去不复返,白云千载空悠悠"!

陆游怎么也没有想到,私欲和妒忌竟会使堂堂相国公然操起刀子来。眼里揉不下沙子的他有了愤懑中的清醒:落榜只是一个信号,隐伏的后患才是无法度量,看来,自己梦寐以求的理想之路已是一条推石上山的路了。他在诗中说道:"言语日益工,风节顾弗竞,杞柳为杯棬,此岂真物性。病夫背俗驰,梁甫时一咏,奈何七尺躯,贵贱视赵孟!"赵孟是春秋时晋国的权臣,陆游在这里分明是和秦桧对着干了。此事既让人觉得名不见经传的人的渺小,却也让人觉得名不见经传的他的高大。

司马光在《资治通鉴》中把人分为四型：德才全备为圣人，德才两缺为愚人，德多于才为君子，才多于德为小人。认为治理天下，德置首位。理由是，君子能凭才而行善，小人却倚才而作恶。凭才行善自能做好善事，倚才使坏，坏事也定能办到。秦桧是一个26岁就中进士的"干才"。女真包围东京，胁割河北三镇时，他还上书不可放弃，待得东京陷落，他也做了俘虏，到建炎四年才放归南方。复相后，他一心和议，对敌屈服，抗金英雄岳飞被下狱害死，案子惊动京城，他亦敢用"莫须有"三字昭告天下，黜落陆游自是不费吹灰之力了。我不时思忖，这样的一个政治动物是怎样爬上"一人之下万人之上"的高位的？这样的一个用同胞的血浇灌敌人的田的邦国乱臣又为何能一手遮天，不容置喙？是国家生成机制之故抑或是"察者多蔽于才而遗于德"之弊端？！

也是人在做天在看吧，越明年，为相十八年的秦桧病死，造化散发的幽光，犹似灰烬中的光亮，给人们带来了希望。

绍兴二十八年（1158），陆游以恩荫出任福州宁德县主簿。此职虽不过是朝廷庞大文官队伍中最底层的一粒细沙，但总算在仕宦之路上启开了一扇窗户，绽开了一朵窗花，岁月深处就能透进阳光，就能觉着暖和。

时光永是流逝，绍兴三十二年（1162），高宗传位于太子，自己退居德寿宫，称太上皇。赵昚即位，后代称孝宗。一天，颇喜文学的他问宰臣周必大，当今诗人可有唐代李白这样的人。必大推荐陆游。孝宗遂在便殿召对。我不知当时陆游是否享有唐玄宗予李白那样的降辇步迎、御手调羹，"置于金銮殿，出入翰林中"（唐李阳冰：《草堂集序》）般的超常待遇。但孝宗大喜过望则是毋庸置疑的。要不，他也不会叹唶陆游"力学有闻，言论剀切"，赐进士出身，除枢密院编修官兼编类圣政所检讨官了。从此，陆游遂在令人沉醉的暖风中修《高宗圣政》及《实录》，参与起草抗金文献《代二府与夏国主书》及向北方沦陷区军民散发的《蜡弹省札》……一步步走向荣耀的高峰，心境亦似跳跃的阳光，一片斑斓，曾经的切肤之痛终成过眼烟云。

谁知，突然间，一场横祸从天而降。

一次，孝宗心血来潮，举行内宴。史浩和孝宗前门客曾觌皆在座。酒至半酣，一宫娥拿着手帕请曾觌题词。当时，德寿宫一管果品的内臣和宫娥发生了不明往来，在法司受讯。因而，曾觌连说"不敢"，还提醒说："没有听到德寿宫的公事吗！"事后，右丞相史浩告诉了陆游。一向尊人主抑权臣的陆游对招权植党、荧惑圣听的曾觌之流本有一种血沸于顶的感觉，得悉了此事，从不设防的他遂和自己关系不错的参知政事张焘说知。其时，孝宗打算提拔曾觌，却遭到了不少大臣的反对，孝宗遂让张焘出面为自己讲话。不料张焘反而劝说孝宗，言陛下初即大位，实不宜和臣下燕狎，以至于此。孝宗闻言，脸色骤变，询问消息来源。张焘如实告知。恼羞交加的孝宗怒道："陆游，是一个反复小人，久已应当离开临安了。"遂将陆游逐出京城，那份迫不及待和他当时宣召时的急切不差累黍。陆游满心以为遇上了明主，可以大展宏图了，谁知一脚踩空，跌了个筋断骨折。他虽然不可能知道在一个信仰、信念尽皆缺失的荒漠上，是立不起一个伟大的民族的，但他意识深处仍保留着自我，仍不忘在爱与仇的怀抱里走自己的路,在离任时他写下了《出都》一诗:"重入修门甫岁余,又携琴剑返江湖。乾坤浩浩何由报,犬马区区正自愚……"

老子说:大邦者下流。意思是大国要像居于江河下游那样,有容纳百川的胸怀与气度,才合乎"道"。可南宋统治者却反其道而行之,长此以往,国之不国,自是情理中事。

隆兴二年(1164)二月,磨蹭了半年多的陆游方来到镇江任上。三月初一,张浚以右丞相督视江淮,驻节镇江。这又让陆游喜从中来。陆父与张浚有旧固是缘由之一,关键在于张浚是一位爱国的主战派代表。从他身上陆游分明看到了亲自参加北伐、收复中原的希望。于是,往昔的失意、受挫、阴谋、背叛皆成了奔流中的巨石,激起了拍岸巨浪。他每日伴随张浚,力说张浚用兵,祈盼那震撼人心的一刻早日来临。然而,历史恰似一篇回环跌宕的文章,它既有一佛出世,二佛涅槃的动人笔墨,也有云谲波诡的怪笔,出人意料的奇笔……不过一个多月,张浚竟奉诏还朝;还朝后即被罢相;罢相后即病逝于回家途中。此事貌似来得突然,来得不可思议,其实前车早有镜鉴,就像绍兴十一年(1141)上演的惨剧的翻版。那年若是不杀岳飞,和议自是不成;这次若是不罢张浚,正在暗中操作的和议岂非又属泡影!徒有太白豪放、杜甫悲悯、李商隐多情的陆游是参不透朝廷扑朔迷离的玄机的。他也想不到节骨眼里有人会在背后下黑手,而操刀者竟然又是太上皇和左丞相汤思退,比起当年的罪魁祸首高宗和秦桧,可谓旗鼓相当、异曲同工。所以,周身寒彻的陆游只能以"张公遂如此,海内共悲辛。逆虏犹遗种,皇天夺老臣……"作为祭奠,心里觉得这场噩梦应该告一段落了。殊不知,那些御用警犬嗅觉特别灵,一嗅就觉着味道不"正",于是立马去皇上那里告密,当然,加油添酱是必需的,"交结台谏,鼓唱是非"更不可遗。于是,诏书即下,免去陆游所有职务。尘埃这才落定。

眼看竭尽生命精气神获得的功业转眼间成了"白茫茫一片大地真干净",百感交集的陆游就把自己的心思深深地埋进了诗的断层:"父子扶携返故乡,欣然击壤咏陶唐。墓前自誓宁非隘,泽畔行吟未免狂。雨前北窗看洗竹,霜清南陌课劚桑。秋毫何者非君赐,回首修门敢遽忘。"(《示儿子》)诗中化用王右军父母墓前自誓的典故表明自己因爱国遭黜,然仍思为国效力;借屈子流放比喻自己虽不在位可依然心系国事,并不因境遇的突变而放弃那一份责任和担当。我想,这对于今天的"人民公仆"和知识分子而言,当面临名誉、地位、金钱的考验时,是否也能凭借自身的良知和道义,"居庙堂之高,则忧其民;处江湖之远,则忧其君。是进亦忧,退亦忧"呢?

春生、夏长、秋收、冬藏。时间终于孵化了期待,乾道八年(1172),陆游在风雨的间隙中见到了一抹暖阳。执掌四川军政大权的王炎,辟他为幕僚,任左承议郎权四川宣抚使司干办公事兼检法官。从后方奔赴前线,曾被禁锢的陆游意气风发,尽管时值隆冬,尽管沿途多有枯枝败叶、荒坡乱岗,冰凌夹道、沙石飞扬,然在他的眼里,更像一首首浪漫的诗章。仰首伸眉中,诗兴勃发的他,昔日的懊伤也染上了春光。"谁知此日金牛道,非复当年铁马声";"会着金鼓从天下,却用关中作本根"……

不绝如缕。

南郑，地处秦岭深处，宋、金南北分治的界点，汉中咽喉。它"北瞰关中，南蔽巴蜀，东达襄邓，西控秦陇，形势最重"(《续史方舆纪要》卷五十六《陕西五》)。故那里的一草一木都蕴有神秘色彩，寸土寸地都烙有传奇印迹。陆游一到南郑，立马去宣抚使司晋见王炎，"陈进取之策，以为经略中原必自长安始，取长安必自陇右始"。后干脆换戎装、跨战马，奔波秦岭南北，部署作战计划，慰劳受伤将士，放骑渭水之滨，过起了"朝看十万阅武罢，暮驰三百巡边行"，"投笔书生古来有，从军乐事世间无"的军旅生涯。

一个天寒地冻堕指裂肤的日子，正在大散关间巡逻的宋军和前来骚扰的金兵狭路相逢，哐啷声中，陆游手中长剑疾如闪电刺向敌人，得得蹄声仿佛烈火干柴燃起军士们的怒火，"夫者，勇也！"猝然临之而大惊的敌人抱头四窜。穷追猛打中，陆游和军士们亦因人地生疏迷失了方向，一连三日，饿了山果充饥，渴了取雪当水，直至返回兵营。嘿！原来，陆游竟然武功不俗，只因文名太盛，方被屏蔽，"我昔从戎清渭侧，散关嵯峨下临贼。铁衣上马蹴坚冰，有时三日不火食。山蔬畲粟杂沙磅，黑黍黄穄如土色。飞霜掠面寒指堕，一寸赤心惟报国。"《江北庄取米到作饭香甚有感》。人哪，只要信念在身，就会若长天红日，迸发出洪荒之力。

南郑的军营生活恍若一束报春花盛开在陆游心中，他的"平胡壮士心"汹涌澎湃了！他日夜企盼朝廷诏书早日下来，企盼王师"要挽天河洗洛嵩"，企盼诗经中的北国，楚辞中的南方早成一统。十月,诏书果下,只是并非北伐,而是将王炎内调,回临安枢密院,自己也改任成都府安抚司参议官。

命运之神绝不许陆游步入一心为国的光明大道,总是在他刚刚抓住希望的衣袂作片刻的陶醉时,就用它无形的魔掌将其推下绝望的深渊。是夜,金风挟着寒霜阵阵袭来,陆游久久不能成眠,那沙场的更声,那鏖战的嘶喊,都成了虚无缥缈的云烟,看来,马革裹尸的愿望终将付诸东流,"悲歌仰天泪如雨"的他痛彻心扉:沦陷区呀沦陷区,解放之期不知又要推到几时了!他在《归次汉中境上》说道:"云栈屏山阅月游,马蹄初喜踏梁州。地连秦雍川原壮,水下荆扬日夜流。遗虏孱孱宁远略,孤臣耿耿独私忧。良时恐作他年恨,大散关头又一秋。"那么忧伤入骨,却又坚忍不拔……

那一年,我前往汉中,特地去了陆游战斗和生活过的南郑。当年荒草萋萋的野径已成了漫漫官道,赭黄的土地在光照下晶莹着、辉映着昨日的斑斓。之前,他那横刀勒马豪气干云的雄姿,于我来说,只是磅礴在书页中,闪回在网络上;而今,那迭经了八百余年的阳光,那曾经金戈铁马的战场,仿佛将他超尘拔俗的形象推到了我的面前。我外表平静如常,内里却汴舞雀跃。尔后,我又去了建在南湖景区一个小岛上的"陆游纪念馆"。一件件蕴涵着古意的书刊文物,静静地诉说着陆游当年的赤子情怀。一对情侣模样的年轻人依偎着,注视着逼真的诗词壁画,悄声细语,似乎陆游不是古人,好像今天还活在我们堆里似的。快闭馆时,我遇见了一位居住在附近的老人,当他得知我来自陆游的故乡时,用青筋饱绽的手握住了我的手,分别时,还赠我一本薄薄的关于陆游传说的小册子。这暖心之举，不仅把我长途而来的疲惫抚摸得无踪无影，使在外放飞多日的我有种回家的温馨，而且还让我觉得，一个伟大的爱国诗人的崇高形象，之所以能得到人们木人石心般的确认，而且，其焕发出来的精神光照，还被奉为典范，不断流布、不断弘扬，不断辉煌，其缘由不仅在于诗人拥有超越世俗和物欲的精神世界，更由于我们民族有一种为坚定的信念而活，为美好的理想而活，为他人的幸福而活的DNA。正因为此，中华民族才有"晴川历历汉阳树，芳草萋萋鹦鹉洲"般美好的今天。这样说，一点也不矫情。

沙漏里滴下的日子，波澜不惊地向前行进。本是烟熏翠柳的阳春，眨眼就成了风荷映日的夏令；刚是桂子送馨的金秋，回头即为粉妆玉琢的冬日。一天，在御花园里检阅四季演变的孝宗忽然心血来潮，想到陆游被逐出都城多有时日，该是显示皇恩浩荡的时候了！于是陆游离川东归，任提举福建路常平茶盐公事。翌年秋，改命提举江南西路常平茶盐公事，治在抚州。按理说，这下陆游该吸取教训，不可一根筋伸到底了。但陆游是谁？他依然那么任性，依然认定国以民为本，民以食为天。

当春风把洒在草叶上的阳光吹得日益明丽日益热辣的时候，抚州四野的绿色就开始变浅变淡。待到仲夏，变化越益明显，大片大片枯萎的落叶好像一块块焦黄的补丁贴在大地上，连平素洼地中通年常绿的水草也泛出了鱼肚般的白色。就在人们不得不为"旱"字奔忙之际，老天却暴雨突降，那翻江倒海的雨势逾旬不止，村庄、田野尽成泽国，百姓仓皇出逃山坡、高地避害。陆游一面奏报朝廷火速赈灾，一面文告邻近郡县支援，只是多日过去，音讯杳然。面对灾民濒死的泪光，陆游下令开仓放粮。一府衙下官惊问：皇上无旨？陆游却说：人命关天！于是，一只只满载粮食的小船忙碌在水面上……但这种体恤民瘼，"以百姓心为心"的救命之举依然难脱权臣的弹劾，陆游终以"擅权"罪被罢官还乡。尽管置身"怖惧几成床下伏，艰难何啻剑头炊"的境地。陆游却以横遭迫害的李白、屈原自比，"翰林唯奉还山诏，湘水空招去国魂"。而诵读"诸公尚守和亲策，壮士虚捐少壮年"，"一生报国有万死，双鬓向人无再青"诸般诗句，我好似听到了他沉重急促的呼吸，瞧见了他震颤不已的须发在仰天长啸中根根竖起。

陆游平生，仕宦风波险恶，蒙受的打击和挫折难以数计，那理想与现实强烈碰撞后的凄厉、残酷的哨音，让人寒颤不已。嘉泰四年（1204），他升宝谟阁待制，还山后得领半俸，但不过四年，就因支持开禧北伐，被劾落宝谟阁待制，半俸亦被剥夺殆尽，沦为一个两手空空的赤贫衰翁。一尽忠于高宗、孝宗、光宗、宁宗四朝，为国计民生倾注了毕生心血和赤诚的老臣，在行将就木之时仍不能见谅于朝廷，人世间悲剧的惨烈，莫过于此。然他依然无怨无悔；依然初心不忘，初心不改；依然"百折犹能气浩然"；在两年后的嘉定三年（1210）六月，油尽灯枯之际，留下最后一首"函绵邈于尺素，吐滂沱于寸心"的绝唱《示儿》："死去元知万事空，但悲不见九州同。王师北定中原日，家祭无忘告乃翁。"这种执着至骨髓的生命姿态，这种超越时空的意志之力，这种拼却老命守住一口信仰的丹田之气，实是我们中华民族之所以能成为腾飞九天的东方巨龙之密码。

鲁迅先生在《战士和苍蝇》一文中引用叔本华的名言：要估定人的伟大，则精神上的大和体格上的大，那法则完全相反，后者距离越远即愈小，前者却见得愈大。这话用于放翁也是恰到好处的。

陆游遭受的天磨之三，是孤独终老，惟存浩气长留人间。

国运衰微权奸当道将陆游推入万劫不复的深渊。朝不保夕的他犹似孤行在风雨旷野中的旅人，前不见村后不见店。若仅止于此，还难言最牵肠绞肚凄清惨苦。因造化弄人本就无情，"有志者事竟成"只是励志之语，"苦心人天不负"亦是发愤之词，何况他所处的又是风云变幻兵连祸结的乱世呢！问题的关键在于国家兴亡匹夫有责，但陆游身为朝臣，身为时代的良知，却居然连匹夫之责也难以尽到，这才是心中永远的痛。冬日的乡间，清冷裹身，流水断韵。脸颊凹陷、瘦瘠弯弯的陆游拄着竹杖，枯站门口，瞧朔风唿哨着残枝过来，又翻卷着败叶离去；瞧不知名的鸟儿瑟缩着翅膀，在篱笆上簌簌颤动。镜湖之畔虽是偏僻之地，然离临安也只一天路程，朝事国情还是会由丝丝缕缕的渠道传至。开禧三年（1207）的一天，一条牵肠绞肚的信息跌入陆游耳中。八百年后，复旦大学教授、学者朱东润先生是这样叙述的：

韩后死后，宁宗立杨妃为皇后。投降派的礼部侍郎史弥远，参知政事钱象祖勾结杨后，布置了一个阴谋。十一月三日韩侂胄正在准备早朝的时候，中军统制夏震带着部队三百人在六部桥候着。

"是谁？"韩侂胄问。

"中军统制、权殿司公事夏震。"

"干什么？"

"有旨：太师罢平章军国事，即日出国门。"

"有旨为什么吾不知道？"侂胄说："这一定是仿造的"。

韩侂胄的话还没有说完，夏震的部下已经把他的轿子拥进玉津园，在一顿乱棒之下，结束了他的生命。

韩侂胄死了，主战派的大小官吏杀的杀，流放的流放，都得到了处分，投降派的钱象祖为右丞相，嘉定元年改左丞相，史弥远为右丞相……韩侂胄一死，在钱象祖、史弥远的领导之下进行和议，最后终于增岁币为30万，外加犒军费300万两。韩侂胄的头颅，也在女真的要挟之下，一并献出。

这一突发信息一下子将陆游拽入绝境。

死一般的静寂中，陆游觉得，那一幕沉痛的生死结，仿佛扣上了自己的咽喉，周身一阵痉挛，半晌才缓过一口气。韩侂胄是功臣韩琦（忠献王）的曾孙，当朝韩皇后的叔父，曾官为知阁门事，是执掌朝纲的当权派。嘉泰二年（1202），韩侂胄打算伐金，喜不自禁的陆游曾作诗《韩太傅生日》："……问今何人致太平，绵地万里皆春耕，身际风云手扶日，异姓真王功第一。"称道由韩指挥作战能够中兴。虽然有人觉得韩仰仗的是裙带关系，将他视作小人，但陆游却以为在国家大事上，只要开诚，是可以共事的；在私人关系上，更无须因政见有别而徒生纠纷。因而，陆游多以"谦恭抑畏，志忠献之志"勉励侂胄效力国家。待韩侂胄兵败，陆游尚心存希冀，期盼有朝一日能东山再起，而今，朝廷竟遣使奉韩侂胄、苏师丹首级与金议和，换取所谓的安定，那么，这最后一缕希望的烛光也被掐灭了，还我河山只能是千秋大梦了！陆游阖上双眼，一种"今日哭君吾道孤，寝门泪满白髭须"的孤独凄凉向他袭来……我以为，此时此地，他是会回肠九转的。由他的身世和诗文，我们可知他一是会想到报国无门。置身积弱积贫的南宋王朝，"寸心至死如丹"的他，虽然没有像力主抗金的岳飞、赵鼎那样遭秦桧迫害而死；没有像胡铨那样因上书请斩秦桧，被押送新州编管，遣送吉阳军（海南岛南端）；没有像辛弃疾那样因投诚处处遭人猜忌；但事实上，当狡诈、权谋、卑鄙、贪婪诸丛林法则已成为朝廷的处事取向，苟且偷安已成为朝廷的治国方针，陆游那不愿融入醉生梦死的浊流，不愿抛弃中原同胞的心迹自然要遭到权奸们的排斥、诟病、见弃，"报国欲死无战场""无地能捐六尺躯"的锥心之痛是永远无法消除的了。二是会想到爱的幻灭。他有过美满的婚姻，有过甘之如饴的真情，然只是昙花一现，而始作俑者竟是自己的母亲，欲诉无处诉，欲争无处争，除了强咽苦果又能怎样？三是会想到价值无形。作为伟大的爱国者，陆游的本意是做一个像历史上辅佐明君，"安社稷，济苍生"的伊尹、吕尚那样的政治家、功臣，"书生本欲辈莘渭"；抑或做一个效力疆场以身许国的战士，"平生万里心，执戈王前驱。战死士所有，耻复守妻孥！"而不仅仅作一个诗人，"岂其马上破贼手，哦诗长作寒螀鸣？"但朝廷却不这样想。淳熙十三年（1186），六十多岁的陆游权知严州，陛辞之际，孝宗嘱陆游："严陵山水胜处，职事之暇，可以赋咏自适。"从早先周必大向朝廷言及，陆游有"小李白"之誉到这里孝宗所言，朝廷始终只把他当作一名才华横溢的文学侍臣、风雅诗人看待，始终畏恶他恢复故国的主张。我不时思忖，如果那时有文联或作协的话，孝宗让他做主席是完全可能的，但想做宰相却是白日做梦。让他权知严州，真谛之一就是地方官根本无法施展抗金报国的抱负，纵然心有不甘，也只能在绝望的孤独中咀嚼"众人皆醉我独醒"的悲凉，而这也正是他最感痛楚的精神苦难之一。当然，那些权奸们远未想到，一个童年漂泊于黄、淮、江、浙，入仕后颠簸于闽、蜀、浙、赣的痴人，居然能将地理空间的阅历变为精神空间的拓展，而无情的刀光剑影不仅不足以毁灭他高贵的坚守，反而催生了他的诗歌创作，铸造了那个时代的诗歌高峰，成就了一代诗宗的灿烂。诚然，这一系列的"信而见疑"，"忠而遭贬"，于陆游本人来说，固属不幸，然就中国文学史来说，则可说是幸莫大焉！

陆游身为一代诗宗、文章大家，自然知晓，有史以来，出类拔萃的英雄豪杰、仁人奇士不知凡几，但将爱国主旨饱和毕生且"六十年间万首诗"的则似乎就他一人。人们都说"物以稀为贵"，可他却被主和权臣当作"鼓唱是非""嘲咏风月"的罪人，回溯上下几千年，风雨如磐，长夜难明，知音难觅。屈原有《惜往日》一诗："惜往日之曾信兮，受命诏以昭时。奉先功以照下兮，明法度之嫌疑。国富强而法立兮，属贞臣而日娭。秘密事之载心兮，虽过失犹弗治。心纯庞而不泄兮，遭谗人而嫉之。"写自己曾拟行"宪令"，使楚国一度法令修明，趋于强盛。只因旧贵族势力的谗害及楚王对刷新国家政治反复无常而归于失败。这和陆游的遭遇何其相似。他本为国家命运、民族兴衰披肝沥胆，但到头来，咳血的呐喊，舍命的搏击仍冲不破朝廷的重重壁垒，惟落下"离骚未尽灵均恨，志士千秋泪满裳！"的长叹、感伤。

陆游的一生之所以是悲剧的一生，孤独的一生，个中真章是，他作为封建社会的一个文化人，作为封建王朝的一名朝臣，想当然地把忠君和爱国用等号连在了一起，实施统一大业惟最高统治者马首是瞻，而忽视了社会的本因。须知有史以来，大凡安定昌盛的朝代，社会和经济的发展大都在协调和平衡的轨道上运行。当两者失之偏颇、出现倾斜时便会发生矛盾。待得矛盾激化，用政治手段无法调和时，原本临深履薄维持着的均衡就不再存在，政局遂面临重新洗牌，战争遂成为政治的继续，遂成为人类除和平以外的另一种生活形态。这时，灾难也就如影随形跟定了人们。女真族的南侵和北宋的灭亡就是明证。南宋建立后，主战和主和两派白热化的较量，展现的其实就是两者对需要面对的生活形态的选择。主战派上念国家民族之仇耻，下悯中原生灵之涂炭，宁舍一身剐，也要把失地收复。而以高宗为首的南宋朝廷，究其根本仍是一家有名有姓的私人企业，只不过它的规模硕大无朋罢了。所以，无论他的广告打得多么嘹亮，他的口号喊得多么高亢，他的经营理念依然是"我"字当头，"私"字为上；与其让民众的力量在抗金的斗争中壮大起来，倒不如主和，保持现状，来得妥帖，"水能载舟，亦能覆舟"的道理他们还是明白的。诚然，以高宗为代表的统治集团也有过一战的姿态,也有过要女真放还被掳"两圣"的企求。但那是舞台上的表演,是做给天下人看的,心里虑的却是,如果他俩真的回来,自己的位置往哪儿摆?后来,徽宗虽已归天,然做哥的还在,与其一鼓作气直捣黄龙,还不如坐拥半壁江山,将淮河以北拱手送给女真贵族,以换取"恩赐"为宜。而这,正中女真贵族下怀,故当时,女真对南宋采取的是"以和议佐攻战,以僭逆诱叛党"(《大金国志》)的国策,让南宋的主和派以为屈膝投降乃是保全权势的良方,因而更铁心议和,只有在欲和而不能时,才将一战当作讨价还价的筹码。这就是人们常说的触动利益比触动灵魂更难。对于当朝这帮主和官僚的政治智商,陆游不要说应对,就是想来一下螳臂挡车也是天方夜谭,但他依然我行我素,因而,他的处境就屡屡像他在淮水船上出生时的天气,雨骤风狂,波涌浪翻,四围汪洋一片,因而他要不滋生超越时空的孤独和悲凉也难。当然,他不可能知道,待得八百年后,五星红旗飘扬的祖国,那专制的虎口,血腥的鼎镬,淫秽的卧榻,权欲的殿阁,都像暗夜的梦一去不复返了。极目所见的尽是一首首中国走向世界的诗,一幅幅世界走向中国的画……

当然,若是陆游只像同时代的"永嘉四灵"那样,"有口不须谈世事,无机惟合卧山林",那自是安然无事;若是陆游是视"砍头只作风吹帽"的嵇中散,也就一了百了!可他偏生是高吟肺腑以笔唤天的人,他的精神世界属于另外一个维度。他的肉体被摧残得越甚,他的信仰之旗便越是猎猎飘扬;他负荷的苦难越深重,他那注满精诚之血的生命之舟便越是在人世的河道上劈波斩浪一往无前。他的非凡的才华是在非凡的孤独中迸发出来的。他一生填词一百四十余首，手定《剑南诗集》八十五卷、《渭南文集》五十卷、《入蜀记》八卷、《老学庵笔记》十卷及《南唐书》等。在文学的殿堂里树起了超尘拔俗的标杆，个中的魅力犹似他的人格魅力，悲凉中蕴慷慨激昂的乐调；悒郁中舍踔厉风发的火星，虽难避孤寂，然彰显血性。因而，尽管时光永是流逝，人们对他的钦佩与赞美却与日俱增。蔡元培在北京大学倡立"进德会"，而"进德会"之名就来自陆游"世间万事俱茫茫，惟有进德当自强"的诗句。鲁迅杂文集《准风月谈》的书名亦与陆游有关。陆游曾因"嘲咏风月"遭贬，故将书斋取名"风月轩"以作抗议。鲁迅亦以《准风月谈》反讽文化围剿。朱自清击节赞叹："过去的诗人中，也许只有他（指陆游）才配得上被称为爱国诗人。"而梁启超在《读陆放翁集》诗中对陆的颂扬更是石破天惊："诗界千年靡靡风，兵魂销尽国魂空。集中十九从军乐，亘古男儿一放翁。"于是，他一生的追求和心灵的希冀遂幻成悲剧之美，他和他的诗词从世俗的盐碱地上升腾，直至永远闪耀在历史的星空。

　　时光老人永是迈着前行的步履，现今，当年萦绕陆游一生的人和事都已风流云散，然在我们回首那时的漫天风雨时，总会瞧见那个"位卑未敢忘忧国""千载骨朽犹芬芳"的奇男子，一手仗剑一手执笔傲然屹立于群山之巅，岿然不动。

·怅憾东维子
——杨维桢

天迷关,地迷户,东龙白日西龙雨,撞钟饮酒愁海翻,碧火吹巢双獶貐。照天万古无二鸟,残星破月开天余。座中有客天子气,左股七十二子连明珠,军声十万振屋瓦,拔剑当人面如赭。将军下马力排山,气卷黄河酒中泻。剑光上天寒慧残,明朝画地分河山。将军呼龙将客走,石破青天撞玉斗。(《鸿门会》)

  这首古乐府诗歌,字里行间洋溢的豪迈之情、危殆之境、奇瑰之思、磅礴之势可谓勾人心魂。这一诗作,几可媲美苏轼《念奴娇·赤壁怀古》的大气,《水调歌头·丙辰中秋》的瑰丽;陆游《诉衷情·当年万里觅封侯》的深沉;岳飞《满江红·写怀》的壮怀激烈。若是不点明乃元明诗人杨维桢所作,也许会以为是诗鬼李贺手笔、《公莫舞歌》的姐妹篇呢!

  当今的学人,可能不太了解这位文学史上现身并非频频的诗人。杨维桢，字廉夫，号铁崖、东维子，又号铁笛道人、抱遗老人。绍兴路诸暨州（今诸暨市）枫桥全堂村人，生于元成宗二年（1296），卒于明洪武（1370），31岁登进士第，官至江西儒学提举。文学史称他在元末据有诗坛领袖地位，他的诗被誉为"铁崖体"。山阴张宪，昆山袁华、郭翼、秦约、陆仁、马麟，奉元赵信，姑苏杨基、陈谦，华亭袁凯，吴兴郯韶，永嘉郑东均出自铁门。

纪昀在《四库全书总目·铁崖古乐府条》中盛赞："元之季年，多效温庭筠体，柔媚旖旎，全类小词。维桢以横绝一世之才，乘其弊而力矫之，根柢于青莲昌谷，纵横排奡，自辟町畦，其高者或突过古人，其下者亦多堕入魔趣。故文采照映一时，而弹射者亦四起。"而清张廷玉则在《明史·杨维桢传》中，对其与朝廷的瓜葛作了这样的描述："洪武二年（1369），太祖召诸儒纂礼书，以维桢前朝老文学，遣翰林詹同奉币诣门。维桢谢曰：'岂有老妇将就木，而再理嫁者邪？'明年，复遣有司敦促，赋《老客妇谣》一章进御，曰：'皇帝谒吾之能，不强吾所不能，则可，否，则有蹈海死耳。'帝许之，赐安车诣阙廷，留百有一十日，所纂叙例略定，即乞骸骨。帝成其志，仍给安车还山，史馆胄监之士祖帐西门外，宋濂赠之诗曰：'不受君王五色诏，白衣宣之白衣还'，盖高之也。抵家卒，年七十五。"世人以为病逝，实则，殷殷的敦请中却隐含残酷的杀机，是"恩泽"下的非正常死亡。

这是没有办法的事。

在那时，皇上的圣旨是金科玉律；皇上的征召是金浆玉醴，这是不允置疑的。但杨维桢居然斗胆包天，公然与之唱起对台戏。苏联作曲家肖斯塔科维奇说："端给你的是啤酒，你就不要在杯子里找咖啡。"他用这句话来形容斯大林时代的铁腕政治。殊不知，那肃杀，在朱元璋面前，仅是泰山前的小丘而已。文人的自信总带着几分缥缈，你公然撞他马头，给他以颜色，做皇帝的却"许之，赐安车诣阙廷"，"成其志，仍给安车还山"，便以为自己真的成了天神，幸福就在这一瞬，绝不会想到这是幻灭的前奏，迈进的是地狱之门。

清张廷玉，康熙、雍正、乾隆三朝老臣，不朽文献《明史》的总裁。他阅遍千古文翰，博学、睿智自不待言，岂会随意妄议皇帝是非，纵是前朝，也不敢口无遮拦。他明白，要是将朱元璋的面子夹里一股脑儿撕开，朱当然无奈我何，可当今皇上健在，如果作一联想，那岂非"老寿星上吊——自嫌命长"！因此，他的主旨是明哲保身。至于杨的死讯，一笔带过，不深究、不解剖，画上句号就行。

虽然如此，但只要我们静下心来，细细考较，仍然可以略窥端倪。

请看张廷玉在文中所提及的《老客妇谣》：

老客妇，老客妇，行年七十又一九。少年嫁夫甚分明，夫死犹存旧箕帚。南山阿妹北山姨，劝我再嫁我力辞。涉江采莲，上山采蘼。采莲采蘼，可以疗饥。夜来道过娼门首，娼门萧然惊老丑。老丑自有能养身，万两黄金在纤手。上天织得云锦章，绣成愿补舜衣裳。舜衣裳，为妾佩古意，扬清光。辨妾不是邯郸娼。

杨维桢的心思如家乡的五泄飞瀑，迸溅的浪花汇成一串大字：忠臣不事两主！豪气干云。

无独有偶，杨维桢的乡党王冕亦有诗《偶成》，抒发与朱家王朝楚河汉界的心声：

四月八日风雨歇，放翁宅前湖水高。
典衣沽酒亦足醉，骑马看花徒尔劳。
海国尚闻歌蔓草，山陵谁与荐樱桃？
元龙本是无能者，后世谩称湖海豪。

以诗明志，本属正常，可惜他俩疏忘了对象是老虎而不是绵羊，老虎总是要吃人的，只不过是时间迟早罢了。

对王冕之死，《四库全书提要》是这样记载的"……然行多诡激，颇近于狂。著作郎李孝光、秘书卿泰哈布哈皆尝荐于朝，知元室将乱，辞不就。明太祖下婺州，闻其名，物色得之，授咨议参军。未几卒。"

杨维桢、王冕，一为"抵家卒"，一为"未几卒"，虽然用的都是模糊哲学，可人们心里雪亮；这不是上苍要他俩死，而是皇帝不许他俩活。就文学史来说，杨维桢是重要的，王冕是重要的。可对朱元璋来说，你杨维桢、王冕纵然挥手珠玑，落墨华彩，又算个屁。尽管如此，文人的猖狂却是文学前行的动力，倘若文人一个个都是唯命是从的仆人，等因奉此的随员，点头哈腰的跟班，那么，出来的作品即使最美，也不过是没骨花卉，仅供摆设而已。

据传，法国皇帝拿破仑被库图佐夫打得毫无还手之力，盛怒之下一把火烧了莫斯科，彻夜溃逃时，不忘叮嘱副官，将由巴黎带来的随军诗人再带回巴黎,以延续法兰西诗歌的香火,即使不便编入战斗队列,也要让他们随同骡马牲口行列踏上归程。要是遇上朱元璋式的中国皇帝,哪会管你三七廿一,文人么,蚁民而已,刀光一闪,便解决一切,想与骡粪马勃一起的机会是断然没有的。

明黄溥《闲中今古录》记:杭州教授徐一夔为奉承朱元璋,上呈贺表,内中有"光天之下,天生圣人,为世作则"诸语,哪知朱元璋阅后勃然大怒,说:"'生'者,僧也,以我尝为僧也,'光'则无发也,'则'字音近贼也。"遂下令将教授斩之。你看,对马屁拍至登峰造极者尚且如此,对那些同他耍心眼、不合作、看他笑话的文人,特别是一些有思想、有威望的文人,他能给你好果子吃吗?不要你老命,那才怪呢!

朱元璋曾经专门下过一道圣旨,即"寰中士夫不为君用"的律例,大意是:你们这班文化人,不要以为自己有什么了不起,以为朝廷要依赖你们。说实话,朝廷需要你们为朕效力的时候,你们就得立马前来听命,否则便是犯罪行径。"贵溪儒士夏伯启叔侄断指不仕,苏州人才姚润、王谟被征不至",就按"不为君用"之律令,把他们"诛而籍没其家"。吴晗的《朱元璋传》说他当上皇帝后杀掉的人,要比他当皇帝前杀掉的人还要多。单胡惟庸案和蓝玉案,被杀之人就达五六万。"村墟断炊烟,陇上无行人"是他大开杀戒时惨象的真实写照。

钱穆于《国史大纲》中道出朱元璋视文化人为寇仇的缘由:"宋太祖惩于唐中叶以后武人之跋扈,因此极意扶植文儒。明太祖则觉胡元出塞以后,中国社会上比较可怕的只有读书人。

但是所谓传统政治,便是一种士人的政治。明太祖无法将这一种传统政治改变,于是一面广事封建,希望将王室的势力扩大。一面废去宰相,正式将政府直辖于王室。既不能不用士人,遂不惜时时用一种严刑酷罚,期使士人震慑于王室积威之下,使其只能为吾用而不足为吾患。"

所以,自古以来,文化人的生杀予夺、吉凶福祸,与统治者是息息相关、休戚相连的。他奉行以人为本、以理为门,文化人自是有烟可抽、有茶可喝,喜气洋洋者矣!他吞噬"上下天光""方壶胜景",那文化人除了斯文扫地,就只有泪的浸染、血的警醒。一部《二十四史》,白纸黑字,泾渭分明。

所以,怀抱正当、正义的杨维桢,幻想朱元璋会有情感的交响,灵魂的共振,会任他我行我素,任他"海阔凭鱼跃,天高任鸟飞",那真是滑天下之大稽。

所以,你如想特立独行,那就须舍得性命;你如想活命,那就得以小绵羊作范本。这是王朝统治者制定的铁律。

在历史的长河中,有缄口不言明哲保身的人,也有胸脯拍得嘭嘭,口号喊得山响的人,什么舍生忘死去抗争呀,赴汤蹈火为信仰呀,诸如此类不一而足。但一旦大难真的来临,噤若寒蝉不说,遁逃的速度,和百米冲刺的奥运冠军有得一比。当然,这也难求全责备,一个人命都没了,还犟个屁。

杨维桢有卓绝的创造力、想象力,有不同凡俗的聪明智慧,诗、文、画三绝,人们以"天才"相称。其实,他的才华并非天生,而是天天发愤图强的结果。他出身于官宦家庭,但父亲杨宏对他的教育却几近冷酷。幼时为他延师讲授《春秋》,并不稀罕，稀罕的是不惜花费重金，在住宅之南的铁崖山中建筑书楼，且除去下楼的扶梯，平素履舄交错的喧闹顿被隔绝。书楼就像夜色中漂浮在洋面上的一只小船，孤独、无依。单身只影的杨维桢时而与万卷诗书作伴，时而与清风明月为伍。整整五年，一千八百余个日日夜夜，这座书楼成了杨维桢潜下心来，投下身去，冶炼精神，产生质变的梦工厂。而他自己终脱胎换骨成一个意气风发的豪放诗人，一个受人拥戴的著名画师，一个有相当艺术造诣的书法大家，一个文学史上有所作为、值得后人念叨的人物。当然，六百年后，这让人拍案叫绝的一幕，居然有人借鉴，且上演了"反锁为牢"的趣剧，造就了世上"人造丝之母"，这是他怎么也不会想到的。

我国著名麻类纤维女专家酆云鹤小时家贫，八岁起就给有钱人家当佣人，直到十六岁，才进了一所免费学堂读书。

十六岁的大姑娘了，学起来比较吃力，但她咬牙发愤，仅用三年时间就学完了小学全部课程，并以全班第一名的成绩考入济南女子初级师范学校。

初师快毕业时，她在学校里找了个堆杂物的破仓库，把自己反锁在里面，对同学们说："你们就当我坐了监狱，把饭和水给我从窗口递进来。"同学们惊问其故？她说："为了功课，一锤定意。"

最终，她以山东省第一名的优异成绩考进了北京女子高等师范学校，第二年又考取了留学生，到美国俄亥俄州大学学习，1931年成为这所大学的第一个女化学博士。后又成为世界上第一个用草类纤维制造出人造丝的发明人。

这是一个真实而美好的故事，执着、坚韧、成功、圆满诸元素尽在其中，令人豁然开朗：在文艺和科学的发展史上，从来没有空降的才子或才女，"在它们的后台上永远有着数不清的高难度的训练，数不清的预演，数不清的或激昂或乏味的过程"。对于天才之说，鲁迅先生也讲得十分中肯："哪里有天才，我是把别人喝咖啡的时间都用在工作上的。"透过表象看本质，天才就是："精神的浩瀚，想象的活跃，心灵的勤奋。"（狄德罗）

我记得，杨维桢有一首《五湖游》，给人之震撼，不亚《鸿门会》：

鸱夷湖上水仙舟，舟中仙人十二楼。
桃花春水连天浮，七十二黛吹落天外如青沤。
道人谪世三千秋，手把一枝青玉虬。
东扶海日红桑椹，海风约往吴王洲。
吴王洲前校水战，水犀十万如浮鸥。
水声一夜入台诏，麋鹿已无台上游。
歌吴歌，舞吴钩，招鸱夷兮狎阳侯。
楼船不须到蓬丘，西施郑旦坐两头。
道人卧舟吹铁笛，仰看青天天倒流。
商老人，橘几奕？东方生，桃几偷？
精卫塞海成瓯窭，海荡邛山飘髑髅。
胡为不饮成春愁。

全诗借用谪世道人的视角，从太湖，到东海，入仙境，校水战，上天落地，时空飞转，语言参差奇崛，意象飞动浪漫，汁水淋漓饱满，那些从生活中提炼出来、经过艺术磨砺的描绘，一下子有了晶亮的光彩。那神韵，就像我们的国画，一张白白的宣纸，几点水墨晕染上去，恣肆洇散，呈现出或金针度绣，或巨刃摩天的丰采。这发挥到几近极致的汉语效率，为前后七子，为清代文坛性灵派、神韵派注入了丰富的"维他命"。

不可有忘的还有《海乡竹枝词》，比唐之刘梦得更上了一层楼。这并非仅仅在于他扩充了什么题材，而更在于他沿着前人的路且将其打理得愈益坚实，愈益气象万千。

潮来潮退白洋沙，白洋女儿把锄耙。苦海熬干是何日？免得侬来爬雪沙。

颜面似墨双脚颟，当官脱裤受黄荆。生女宁当嫁盘瓠，誓莫近嫁东家庭。

杨维桢，眼睛确实毒，像素确实高，潮水、洋面、盐工、晒场，历历在目；潮声、耙声、呼声、叹声、声声在耳。"生女宁当嫁盘瓠，誓莫近嫁东家庭。"多少年过去了，那心灵的血窟窿还在滴答流血。"你不是你笔下的人物，但你笔下的人物是你。"雷蒙德·卡佛说得多么好啊！我们从杨维桢笔下的人物感应到了他那颗具有悲悯情怀与良好修为的心的跳动。

杨维桢的著作：《东维子文集三十卷》，《铁崖古乐府》包括《铁崖乐府》十卷，《铁崖咏史》八卷，深为藏家所爱。宋濂评论说："初，君为童子时，属文辄有精魄，诸老生贤谓咄咄逼人，既出仕，与时龃龉，君遂大肆其力于文辞，非先秦两汉弗之学，久与俱化，具诸论撰。如睹商鼎周彝，云雷成文，而寒芒横逸，夺人目精。其歌诗尤号名家，震荡凌厉，骎骎将逼盛唐，骤阅之神出鬼没，不可察其端倪，其亦文中之雄乎？"

将杨的作品,提到已臻精美之境的高度,对杨本人,也绽放出致敬的色彩。

光阴易过也不容易过,时至今日,对于人生,怎样方能从黑白转为彩色?怎样才不至于由彩色变成黑白?读者诸君若是能从《怅憾东维子》中获得些许启迪,那可欣喜了。

·十年一觉龙场梦
——王阳明

在读初中的时候,已知道王阳明是个名士了。因为那年暑假,随家父去绍兴访友,于西小河王衙池边,瞧见了一座长满老年斑的房子,门上挂着一块木牌,上面写着"王阳明故居遗址"。我知道,不是名士是没有这个待遇的。几年后进了大学,上哲学课时,老师提到了王阳明,说他是主观唯心主义的代表人物。唯心主义,还是代表人物,那还了得!原本萌生的一点好感顿时烟消云散,从此,记忆中遂抹去了王阳明之名字。

"年年岁岁花相似,岁岁年年人不同",曾几何时,只会被研究思想史的学者偶尔提及的王阳明,如同夜空中璀璨的星辰,出现在普罗大众面前,报章杂志推崇他的文章,出版社出版关于他的书籍,那蒸蒸日上的情景,姑且不提。使人觉得意外的是王阳明还成了世界了解东方哲学的一个窗口。在美国和英国,关于他的专著、翻译作品、英文论文数以百计;有学者考证,在日本，王阳明被奉为"神明"，日本明治维新干将西乡隆盛说，修心炼胆，全从阳明心学而来。有"经营之圣"盛誉的日本企业家稻盛和夫则表示，自己经营之所以成功，都是"投资"良知、敬天爱人的结果。而在商标界，"明朝一哥"王阳明成了炙手可热的大红人。从他的出生地余姚，到祖居地绍兴；从受贬发配地贵州龙场，到他剿匪平乱过的广东河源，抢注成风，单贵州王茅文化传播有限公司就注册了五个"阳明心学"商标。河源市和平县还将羊子埔改名为阳明镇。这究竟是怎么回事呢？他只是个主观唯心主义的代表人物呀！"你未看此花时，此花与汝心同归于寂。你来看此花时，则此花颜色一时明白起来。便知此花不在你的心外。"那不就是笛卡儿所说的"我思故我在"吗？冲着这份惊讶、这份不解，我觉得，光人云亦云是不行的，得亲口品尝个中滋味。于是，就自己花钱买了一套上海古籍出版社出版的《王阳明全集》，还有《陆王学述》《传奇王阳明》《知行合一王阳明》等，备好行囊，步入历史的隧道，去欣赏那原生态的风景。

　　日子一天天逝去。渐渐，对王阳明，我不只知其然，还有点知其所以然了。一次，赴贵阳参加一个学术会议，会后，专门驱车阳明洞，去见识当年先生的悟道之所。

　　武宗正德元年（1506），明孝宗朱祐樘去世，太子朱厚照继位，是为武宗。和他建有深厚主仆情谊的宦官刘瑾遂变着法儿，导引这个十五六岁的皇帝。每天，武宗厚照在早朝露面后，皇宫内就再也见不到他的身影。辅政大臣刘健、谢迁、李东阳忧心如焚，遂上书武宗，要他摆脱刘瑾一伙的控制，以社稷为重。书中写到东汉因十常侍专权而被垮；唐朝因太监操纵而覆亡。尤特别提醒不久前，先皇朱祁镇被太监王振哄到塞外，成了俘虏，痛失帝位。从而警示皇上：现您未见危险，待危险降临，则悔之晚矣！与此同时，三人还主动向宫中头号太监王岳示好，要他以国计民生为重，助一臂之力。据传，朱厚照看完信后，浑身发颤，冷汗涔涔。刘瑾及手下"八虎"当即被发配到南京守太祖陵。事后，辅政大臣再次敦促朱厚照，杀刘瑾以谢天下。就在朱厚照答应"明天早朝宣布"时，投靠刘瑾门下的小太监钱宁探知了这一消息，立马报给了刘瑾知情。于是，刘瑾通过多年积攒的人脉，黛夜拜见朱厚照，哭诉：那帮大臣勾结王岳，要您杀我们，是为了使您身边没有知心人，从而好任凭他们摆布……于是，小人得逞；刘瑾晋升为司礼监的掌印太监；于是，原告成了被告，王岳被发配守陵；刘健和谢迁被辞职；以给事中戴铣为首的十五名官员，因联名上书挽留刘、谢二人，请求惩办刘瑾一伙，被廷杖得奄奄一息，投入锦衣狱。

这，使我想起了"仇士良的座右铭"。

仇士良是唐朝的宦官，本是一侍奉太子的小太监，一路飙升到右骁卫大将军，封楚国公。他揽政二十多年，几乎废了唐文宗。因病退休后，把自己一套控制皇帝的手段给宦官们作座右铭："天子不可令闲暇，一有闲暇必定读圣贤书，见儒学之臣，就会听到大臣的劝谏，我等所受恩宠就会变薄，而权力变轻。最好的办法莫过于广殖财货，多养鹰马，每日以打球、狩猎、声色迷惑天子之心，这样天子必定倦怠政事，我等可以万机在手。"

仇士良的座右铭，道尽了历代宦官得以擅权的奥秘。如今，这一切虽然都已随风逝去，但于当权者说，逸豫亡身的古训还应警钟长鸣。

在这人人自危、朝不保夕的氛围下，王阳明上场了。他出手的招式并非如前的单刀直入，而是曲尽其妙的绵里藏针。他深情地说，上有超凡入圣的君王，下才有直言敢谏的官员。谏官们说得对，皇上您该表彰，说得错，应予包涵，若直谏就予严惩，那面对奸佞，谁还敢挺身而出？我祈盼皇上您能仁慈，让他们官复原职，那么，天、地、臣民都会称颂圣上英明，感恩戴德……

君臣共看这道奏章。武宗觉得还算入耳，刘瑾却觉着不妙，他从奏章的字里行间嗅到了一股寒气，一股透骨的寒气。他颤着身子对武宗说："您看您看，王阳明，他们的同党，在变着法儿骂您呢！皇上英明，千万不可放过他！"于是，圣旨下，廷杖四十，下锦衣卫狱。翌年春，再贬谪贵州龙场驿站，一个大明帝国疆域图中绝难找到的地方。

阳明洞，位于贵阳北八十余里的修文县龙场镇栖霞山上，虽有海拔二千余米，但山不高，洞口有两株参天古柏，相传为王阳明手植。另有苔藓、藤萝，亦有裸土、凸石，纯真、笃实得如当地淳朴、厚道的山民。当年，王阳明是戴罪之身，按大明律，连简陋得不能再简陋的驿站亦无权居住，只得找上这个山洞躲避雨水。

山洞并不规则，洞口十分宽敞，往里渐显狭窄。我平时很少进洞，怕深怕黑。然而，这里却无此虞，到得洞底，竟有光亮透入。想不到这洞居然首尾通透。惊奇之余，我顿生异想：

这"通透"莫非暗示阳明先生,在这里一千多个日日夜夜的求索,有豁然开朗的一天?当然,这是天机,非我等凡夫俗子所能悟得。

在这里,他和仆人搬石当门,防止野兽侵袭;开垦土地,种植前任留下的种子;采集辟邪的植物,祛除瘴疠之气。然后,就是躺入一具专为自己预备的石头棺材,苦思深虑。

他从自己被捕入狱,父亲受到牵连、被迫辞官想到流放途中被刘瑾的刺客追杀,家人可能遭到的迫害,追问自己:"圣人处此,更有何道?"也就是说,古今圣人,要是处在我这样悲惨的境地,会怎么办?会怎样安顿自己的身家性命?朱熹说,去外部世界格真理。可现实是,外部世界根本无法找到这样的真理。于是,在"圣人处此该如何"和"格物致知"的激烈碰撞中,在时光的不断冲刷中,他狂放地奔逐,彻悟地舍弃。他灵魂的天空,时而是和煦的阳光,时而是神秘的极光,时而又是转瞬即逝的电光,终于有一天,这些变幻莫测之光突破了那层风尘包就的坚硬外壳,凝成人生本质那深邃、宏大、主宰一切的东西,随后像精灵一样,吐出一串神奇的秘语:"吾性自足,不假外求。"原来圣人之道,不在天地万物,而是完美地具备于每个人自己的"本心"之中。"心即理也。天下又有心外之事,心外之理乎?"王阳明仰天长啸,为那破天荒的心悟:只要遵循内心的良知,便能达到宁静于内、无敌于外的境界。

有一则来自禅宗的故事:一双目失明的女尼听毕晚课后打算返回。师父说,天黑了,你提个灯笼回去吧!女尼说,我反正看不见,提什么灯笼呵。师父说,你看不见,可别人看得见,你手里有灯笼,别人就会让开。女尼觉得对,就提了灯笼走了。

谁知半路上仍和路人撞了个满怀。女尼说，我提着灯笼呀，你怎么还会撞上来呢？路人说，你的灯笼早就熄灭了！女尼顿时醒悟：原来外在的光亮是靠不住的，每个人只有从自己的本心中寻找光亮才是至理。

面对阳明洞，我想到了他，"龙场悟道"后不久，应贵州教育官员席书先生之邀，赴贵阳书院，给学生宣讲"知行合一"的独创理论。他强调，要"知"一件事，必须诉诸"行"。"知行工夫，本不可离"，批判了将信仰、理想留于口头而无行动的浮夸之弊。陶行知先生因受"知行合一"学说的影响，毅然将自己的名字改成陶行知，而他奉行终生的"行是知之始，知是行之成"的人生准则，其实就是王阳明"知为行之始，行为知之成"的精髓。孙中山先生的"知难行易"学说，也是由王阳明"知行合一"学说发展而成。

面对阳明洞，我又想到了他，一个四品京官，贬为蛮荒驿丞，竟然悟出了震撼海内外之"道"，用于社会教化，用于叱咤三军，用于"三征"——征南赣，征宁王，征思田，且无不马到功成。这就告诉我们，厄运和艰难正好是磨炼心性和能力的机会，换句话说，一个人的幸运主要还是操纵在他自己手里。被誉为"同治中兴名臣"的曾国藩，一生都崇拜王阳明，效法王阳明，堪称王阳明的知音。蒋中正也喜欢阳明学，到台湾后，将台北市的草山改为阳明山。

面对阳明洞，我还想到了，一个有思想、有修养的人，只要气定神宁，矢志不移，就能一专多能，"主""副"两彰。王阳明是一个哲学家、教育家，但他在主业之余，还写过许多好文章。《古文观止》收有他的三篇文章，其中二篇就是他在洞中写就的：《瘗旅文》讲述"吏目"与其子及仆客死龙场蜈蚣坡下之惨况，感叹自己"去父母乡国"落难龙场的戚戚之状，抒发游子怀乡"维天则同"视人若己之仁心。《象祠记》凭借给初始"不仁"，后终"入善"的舜之弟"象"重修祠庙一事，阐述了"天下无不可化之人"的哲理，作者的心地、思想、情怀跃然纸上。置身蛮荒之地，居然还有如此情怀，有人惊以为讶，其实，只要知晓，他早在自己家乡就经年于阳明洞里讲学，研习天文、地理、翻译佛经、修炼导引，那就会见怪不怪了。

我探求王阳明之路就是这样开端的。当然，细细想来，多年前发生的一宗小插曲，也是将我引向探求之路的缘由之一。

一个久雨初晴的日子，友人老王的儿子小井来家串门。他见我正在写东西，便顾自在书橱里找了本书，翻阅起来。不一会，他阖上书本，叹息说："唉！我要是早早看到这篇文章，也不致落到今日这个地步。"我知道当年小井是被人诱上赌博之路而倾家荡产，还拖累了父母的，现看他痛心疾首的模样，便停下笔，问他看到了什么？让他讲给我听。小井也不嫌其烦，照着书本，一五一十讲将起来。

王守仁（1472—1529），字伯安，浙江余姚人，因经常讲学于会稽山阳明洞，自号阳明子，人称阳明先生。他十一岁随父举家迁至绍兴。

王阳明自幼就读私塾，前往时，要经过一条热闹的街道，街边有家赌坊，每天挤满了人群。于是，王守仁便建议小伙伴，换条路走。

"他们管他们赌,我们管我们走,搭什么界?"小伙伴很不以为然。

王守仁说:"我担心看多了,会上瘾的。"

小伙伴笑了:"看几眼有什么关系,你的胆真是太小了!"

对王守仁的建议,小伙伴是左耳进右耳出,依然走原来的路。王守仁则独个儿绕道去私塾,避开了原先走的那条大街。

后来,王守仁去私塾时,曾远远瞧见小伙伴挤在赌坊门口,探着头,全神贯注地张望,便提醒他,要当心呢!可小伙伴却摇摇头说:"只看几眼,没有关系的。"王守仁没法,只好管自走路。

一个月后,小伙伴连着几天没来上学,先生便问孩子们怎么回事?有同伴告诉先生,小伙伴迷上了赌博,还偷了家里珍藏的玉器作赌注。他的父母气昏了,把他关在家里,让他忏悔。

王守仁叹息说:"想要避免欲望,最好的办法是远离。这并非胆小,而是从根本上将欲望隔绝,心灵光明磊落了,生活也就光明磊落了。"正是凭着隔绝欲望的坚定信念,王守仁才成为立德、立言、立功"三不朽"的名士……

听毕这个故事,瞧着小井悔恨交加的黯然神色,我终于憬悟:王阳明的弟子为什么要照孔子与《论语》的形式,将王阳明的讲学著作编为《传习录》;终于憬悟钱穆先生为什么要把《传习录》归结为七本"中国人所必读的书"之一;终于憬悟阳明先生为什么能受到世人景仰!也终于憬悟,阳明先生"你未看此花时,此花与汝心同归于寂;你来看此花时,则此花颜色一时明白起来,便知此花不在你的心外"之说,就是佛法所云:"万法唯心造",世间种种无论如何变幻,只要我心不动,便奈何不得我分毫。所以,要使自己的思维能真正跟上王学的步伐,那就应该读懂他的书,领悟他的话,做他心学的信徒,好好生活,好好做人,听从自己内心善的声音和良知的召唤才是要义。而正如高悬的月亮有缺有圆,夜空的星星有暗有明一样,苛求圆满亦是一种缺陷。对诸如王阳明这样的文化先贤,用唯心抑或唯物来指责他学说的思想体系,实在是过分简单,不仅是过分简单,而且是一种偏见,一种只见树木不见森林的偏见。

后来,我围绕阳明先生倡导的"心是天地万物之主"、"知行合一"的认识论、"致良知"的道德养论写下了几篇文章,阐述自己的心意。我的一位师友看了说:"文字很有温度,但音量似乎小了。"他还说,时下,阳明心学已是四面开花,电影《让子弹飞》中,有抱负却终落草的张牧之,他的心就通着"致良知"的王阳明。《赵氏孤儿》里,程婴以失去自己亲生儿的代价,冒着风险,忍辱负重,养育赵家唯一骨血赵武成人,亦彰显王阳明的精神。另外,无论是除暴安良的动作片,慷慨悲歌的伦理片,多能看到"致良知"在当代人精神深处的另类解读。我十分欣赏他的见解,同时也明白,对阳明先生创立的心学,仅得皮毛的我,得下大决心,花大功夫,下大力气,始有成效,始能真正彻悟它那济世救人的伟大力量。

我已经迈入了退休的门槛,用古人的话说,早已能知天命。所以我想,在向青年一代绍介阳明先生时,不要夸张他不足的一面,虽则这一面也有助于对他的解读。但我还是觉得描述他打破几百年来程朱理学的僵化教条,冲破传统思想束缚的樊篱,

"尽夫天理之极，而无一毫人欲之礼"的一面最为恰当。因为，先生的"知行观"是对这一认识论命题所作的最深入的思考，最透彻的注解，不单是他面貌的一部分，而且是积极的不可或缺的一部分。从此入手，引导人们荡涤胸中尘埃，清扫心田私欲，事不避难，义不畏责，勿戚戚于功名，不沉溺于享乐，那么，便是"吾亦只依良知行"；那么，便会"入大火如入清凉境"；那么，便会"险夷原不滞胸中，何异浮云过太空。夜静海涛三万里，月明飞锡下天风"，成为一个有根基的人，一个内外统一、人格健全的人。

"道不可坐论，德不能空谈。于实处用力，从知行合一上下功夫，核心价值观才能内化为人们的精神追求，外化为人们的自觉行动。"习近平总书记于2014年5月4日在北京大学师生座谈会上的讲话是一盏通亮的红灯笼，照耀着我们以感恩的真诚，在大地上烙进坚实的践行脚印。

·寻觅青藤书屋之魂
——徐渭

一

实话实说,在我见识过的许多城市中,若论传统文化的承续,文物古迹的留存,绍兴是走在前列的一个。不说别的,单言青藤书屋,就不同凡俗。

青藤书屋是一处具有明代文人园林味道的院落。之所以以书屋命名,主人自是读书人。他出身官宦之家,却一生穷愁潦倒;他才华盖世,仕途却一蹶不振。不过,历史老人在他履历表上填写的,除了16世纪杰出的文学家、书法家、戏曲家外,更有泼墨大写意画派开山鼻祖的身份。

他名徐渭,初字文清,后为文长,号有田水月、山阴布衣、天池山人、青藤道士等。父亲徐鏓,以贵州军籍在云南中举后,历任县官州官，直至四川夔州同知；卸任后还乡。徐渭生母苗君本是陪嫁媵女，故生徐渭时只能居住在那座院落的旧式平屋里。让人痛惜的是，徐渭出生刚满百日，徐鏓便与世长辞，屋漏偏逢连夜雨，行船又遇顶头风。从此，满怀剪不断理还乱的徐渭遂躲在那静如山谷的平屋中，用心血凝成的笔墨营造属于自己的精神家园。

这是一所怎样的院落，竟能成为一代宗师灵魂的栖息地？这又是怎样的杂花、黄甲、墨葡萄、玉竹……竟能深蕴大师心田里郁积的痛苦、偏激、悲愤和孤寂？我揣着问号前去青藤书屋，走近徐渭，走近这位大师生活过的、能够触摸到体温和心跳的空间。

细密似烟的春雨从天上从容飘洒，一所空旷的院落展示着古典的静穆。高大的香樟、摇曳的翠竹、萌发的柳丝、绽开的草花，还有嵌着鹅卵石的小径，精巧的亭阁，无不披上了提笼不起的轻纱。潇潇春霖将整个院落幻成了一幅雨意空蒙的大写意画。

推开平屋大门，即是外室。正中悬挂着徐渭画像；"几间东倒西歪屋，一个南腔北调人"的对联氤氲着浓郁的悲情。徐渭离世半个世纪，书屋招引着画家陈洪绶专程前来，生活两年之久，以体味徐渭那敏感的心，并将对他的崇敬化作幅幅生机盎然的墨宝。置于画像上方的"青藤书屋"匾额即是其一。南首是一排方格长窗，临窗安放着黑漆长桌、靠背椅和文房四宝。想当年，徐渭就在这里，在香烟袅袅中，边望着窗外黄鹂、翠柳的倩影，边将手中的笔墨挥洒得酣畅淋漓、浩浩汤汤。

书屋的长窗外，是个小天井。厚厚的阳光滤去了外界的喧呶，一片静谧。我瞥见，在青砖砌就的花坛上，有青藤疯长。它青得鲜活，青得缠绵，青得深沉；在一串串珍珠绿般的细叶的护卫下，似一长溜令人心醉的音符从修竹、古树间扶摇直上，静谧的园林蓦然有了动人的意境。我不由思忖：徐渭之所以对青藤情有独钟，将此屋取名为青藤书屋，将自己的别号命名为青藤道士，是特别喜爱那悦目的青色呢还是钦慕那韧长的心力；是为了在孤寂中和它对话呢还是用大自然的生命雕塑反观自身，寻找失落的生机；抑或想到了"青出于蓝，而胜于蓝"之语，将"青藤"作为自身在艺术的长河中乘风破浪的原动力！

此时此际，有两位状若父子的人走了进来，在徐渭的画像前徐徐站定。长者口中念念有词，念罢让孩子握好画笔，抱拳于胸，一鞠躬、二鞠躬、三鞠躬，礼毕，做父亲的瘦削的脸上漾起了笑容，孩子胖嘟嘟的脸上漾起了笑容，我也不由自主地漾起了笑容。素闻，对徐渭推崇备至的郑板桥曾刻过一枚专用的印章，名曰"青藤门下走狗"。难道这父子俩也有此心意？

书屋的内室原是徐渭住房，现作文物陈列室。整洁的橱窗内陈列着徐渭的《白燕诗》书法手卷，多种版本的《徐文长文集》，戏曲名著《四声猿》和戏曲研究《南词叙录》，供人瞻望，供人追忆。我发现，仅有的三二观者，都流水般一淌而过。在名动古今的水墨写意花鸟画前，亦是如此，他们似乎并不明白，"入目三分景，七分在内涵"；似乎并不明白，这随意涂抹的东西怎么就成了中国传统艺术的瑰宝了呢？似乎并不明白，国画大师黄宾虹怎么也把这些粗犷而简略的东西推崇为"三百年来，没有人能赶上他"呢？

二

纵观我国的绘画史，明、清是个群雄奋起、大家辈出的时代。徐渭就是这个时代超群绝伦的代表人物。

当然，这并非说，此前我国画坛卓有成效的名家就为数戋戋，事实上却是大师济济，杰作满眼。不同凡俗的创意也不鲜见。只是，要说到画家笔墨创新的勇气，特定的生命历程和思想历程的表露，心灵感应和人格气场的契合，遥遥领先的就只有徐渭、朱耷和扬州八怪了。尽管回应在历史晚云中的，不乏沉沉暮霭。

说到这里，人们也许会问：你说的不都是关于"人性"的东西吗？那首当其冲的理该是人物画家呀，这是怎么一回事呢？是的，我国历史上有不少当行出色的人物画家，如东晋的顾恺之，唐朝的阎立本、吴道子，五代的曹仲玄、周文钜、顾闳中等，他们的作品，或刻画工细，或洗炼纵逸，或着色丰富，或形神兼备，都是秀出班行、可圈可点。然而，美中不足的是画中人物与画家本身的生性似乎疏远得很。他们虽主张"助教化，成人伦，穷神变，测幽微"，事实上也在这样努力。但其强调的却是客体，少有融入自己灵魂和血液的东西。在这种态势下，花鸟画、山水画却反而别具匠心地传输出画家自己一种生命的脉息，如宋代翰林图画院的花鸟画，在提供社会各阶层人士赏心悦目的审美享受中就融入了画家自己粉饰大化、文明天下的意旨，又如倪云林的山水画，以"形"为表现手段，"神"为表达目的，清如泉水，洁如晨露，蕴含着对世俗烦恼的解脱和精神世界宽适的渴望。

不过，话又说回来，这些花鸟、山水画固然在一定程度上表露了画家的心灵影调,但毕竟是曲折的、隐晦的,能不能有一种更率直、更热烈、更奔放的东西,像屈原的诗作"长太息以掩涕兮,哀民生之多艰";郑燮的诗作"衙斋卧听萧萧竹,疑是民间疾苦声";包拯的名联"直干终为栋,真刚不作钩"那样,使画家的心声在画作中得到淋漓尽致的释放,使画作成为其精神的载体。人们可以从画作的线条、设色、笔意、神韵中洞明画家本象,就像法国人洞明塞尚,西班牙人洞明毕加索,意大利人洞明米开朗琪罗那样……

答案是肯定的。

徐渭的画作就是典型。

在越地,徐渭的大名妇孺皆知。他拥有的才华难有人及,经受的苦难也难有人比。家庭的剧变、仕途的碰壁,性格的孤傲、政治的干系,血淋淋的现实使他九次自杀,七年牢狱之灾还是靠了友人的保释始获新生。他嫌憎虚伪丑陋的官僚阶层,嫌憎等级森严的封建家庭,甚至嫌憎时乖运蹇的自己。因而,当官员上门来访,"忍饥月下独徘徊"的他会用背脊顶住大门,狂呼:"徐渭不在!"用自己的独特方式应对人世的芜杂和炎凉。他一生凄清,一孑孤影,但失意不失志,毕生在墨色和线条中放飞自己,收获丰沛创意。他的墨葡萄轴(纸本),着墨处为实,无墨处为虚,虚为实之凭,实为虚之藉;纷披错落的藤条,倒挂枝头的葡萄,与悲凉的身世感慨融汇一体,加上画中自题诗发出的嘶哑叹息:"半生落魄已成翁,独立书斋啸晚风。笔底明珠无处卖,闲抛闲掷野藤中。"一种饱经忧患、壮志难酬的锥心之痛与淬过火的不屈性格跃然于物象之上,成为不可磨灭的见证，成为青藤书屋之魂。北宋文学家苏轼有"出新意于法度之中，寄妙理于豪放之外"之语，我觉得，在一定程度上，用在徐渭的绘画艺术上也是恰切的。就像人们透过梵·高画最具代表性的作品《星月夜》中，不住旋转的乱云，直上云霄恍若黑色火舌般的巨型柏树，体会出作者内心苦闷和忧郁，感悟到人类不向命运低头的精神一样，人们亦能从徐渭的诸多画作，比如《黄甲》《杂花》《玉竹》中，想到他的良苦用心，百结衷肠。故明末大家公安派魁首袁宏道誉徐渭"明代第一才人"。数百年来，江浙一带特别是越地还一直传颂着他嫉恶如仇、不畏权势、为民请命、智慧过人的故事，且不绝如缕。"山阴勿管，会稽勿收"就是个中一则。

那时，绍兴分山阴、会稽两县。其间有一界河，名官河，上架一桥，名利济桥。一年夏日，利济桥上忽倒卧一无名尸体。百姓报到官府。两知县均说不属本县治所。几天过去，尸臭熏天，人们敢怒不敢言。徐渭遂写了一大张"出卖界河"的启事贴于桥畔。消息一出，两知县齐齐赶至，着人拿徐渭问罪。徐渭见状，当众将手一招，议论纷纷的百姓刹时蜂拥而上。徐渭见自己和知县被围核心，遂禀告说："该尸在桥上曝晒多日，无奈两位大人均说此地非自己治所，既然'山阴勿管，会稽勿收'，那么，此桥此河自与官府无关，今代为卖之，只为死者筹措丧葬之费，别无他意。"说罢面向众人问道："乡亲们，对吗？""对！"回应炸雷般响起。两知县见众怒难犯，只得气往屁眼出，喝令地保快快收敛了事。至今，若遇当事双方互相推诿，搪塞敷衍，人们仍爱用"山阴勿管，会稽勿收"来揶揄。

我十分欣赏徐渭。他的水墨花卉、山水人物，在构图和笔墨中，都属奇峰突起，他树立了一个让人眼目为之一亮的典范。他好像天生就是书画的料，信手挥洒，全无败笔。他的笔墨和同时代的"明四家"，和陈淳、张宏、蓝瑛等相比，跟他之前的人相比，都是独具一格的。他的诸多书画作品，虽收藏于北京故宫博物院、上海博物馆、中国历史博物馆、北京荣宝斋、台北故宫博物院等地，但就陈列在内室的复制品来看，亦是神韵盎然美不胜收。来此参观前夜，我因赶写稿件，过了子夜方睡，今又早起，因而，步入院落时，不时有丝丝倦意袭来，但一见那幅幅泼墨写意画图中鲜灵的生活意象，仿佛服下了清醒剂，每一根神经都被呼唤起来，舞动起来，连缕缕墨香也有了清凉的滋味。联想到那些只不过照样画了几幅画，写了几篇文章的人，就腆着肚子自诩为艺术家、作家，真让人汗流浃背。

在中国画的天地中，沉浸于悲剧中的大家，除了徐渭，便数朱耷，他虽没有徐渭那样凄凄惨惨戚戚，但也好不到哪儿。1593 年，72 岁的徐渭与世长辞。33 年后，便有了朱耷。朱耷，又称八大山人，雪个，是朱元璋第十七子朱权的后代。面对朱家王朝的全军覆没，有苦难言的朱耷只能用形影相随的画笔勾勒出一个孤寂冷落的天地，以远离政治上风刀霜剑的袭击和威逼。那些孤零零的，躲在残山剩水中的悲凉的鸟，凄清的鱼，冷寂的竹，虽然畏葸寒瘆，通体却又发散着勾魂摄魄的魅力；诸多画作既是改朝换代国破家亡后个体生命痛楚的写照，也是当时腥风血雨中文人学士朝不虑夕的凄惨生活象征。

水墨写意花鸟画，在一代宗师徐渭的营养下，朱耷、原济登上了峰顶。那沉郁苍茫、横空出世的逸笔；那不求形似、豪放而又简洁的醉墨；那情动于中又自然天成的神韵；似一股清流驱散了绘画史上因循守旧，保守、精致却又空洞的陋习。于是，这一注重主观情绪，抒发性灵，充盈东方文化精神的画种遂在中国绘画史上大放异彩；于是，中国画沿着文人、水墨的业余、写意的轨迹前行，由徐渭到朱耷、原济，再到远离世俗的扬州八怪……至清末民初，中国画，尤其是文人画的发展，又高峰迭起，那就是以海派齐白石、吴昌硕为代表的大写意花鸟画，既别具只眼地继承明清以来与时俱新的写意画传统，又将金石中那种温润、厚重的特色融溶于中，从此，一个全新的涌动着强大生命力的传承系列遂光耀于中国的绘画史册，成为世界画坛一朵清香四溢的奇葩。

自古以来，我国文坛就有"仁者见仁，智者见智"之说，对水墨写意花鸟画的鉴赏也不例外。有一种说法是，水墨写意花鸟画的发展弊大于利，说它不讲专业的基本功，不少既无高深学养又乏专业水平的文人，都像南郭先生一样，挤将进去，究其根本，不过是滥竽充数而已；又说，就像西方的抽象画派，在艺术史上，虽然是一大发展，但却导致泛滥成灾。对此，愚以为，未免太过武断。试看中国传统绘画，以晋唐为绝顶的人物画，以宋元为峰巅的山水画，都属严谨、规范的一脉，虽大匠迭出，佳作如林，但亦有不少画作属于忝列门墙之列。所以，我们不能因水墨写意花鸟画强调"无法而法""我用我法"而认定其"不谓之画"，认定其"绝大多数中小名头的成就则基本上不入鉴赏"之列。英年早逝的民国画坛巨匠陈师曾对文人写意画的主流作出公允评价说:"形式虽有所欠缺,而精神优美。"所谓"精神优美",人品、学问、才情、思想也就囊括于中了。

三

我在青藤书屋里静静瞻望,在绿草如茵的院落里悠悠徘徊。那所见所闻所获足可抵十年尘梦。然面对疏疏朗朗的参观者,面对只知其然而不知其所以然的旅游者,心里又不免生发了些许遗憾。据悉,在不少发达国家,最为履舄交错、车马盈门的并非是综合性的大商场、歌舞厅、影剧院,而是名人故居、纪念馆、博物馆。

在俄罗斯,名人故居、纪念馆之多,举世闻名。一幢幢满是岁月沧桑的居所,门庭若市;一个个古色古香的房间,尽是参观者,所有的沉思、怀想都显现在人们的目光中,连年代久远的木质楼板发出的"吱吱"轻响也成了一种引人寻思的蛊惑。

在法国,参观实施分批入场制,门口排着长龙,馆内人头攒动。我没有去过美国,友人说也是一派兴旺景象,到晚上八九点钟,参观者还是不绝如缕。

文化名人故居、纪念馆,犹似充满智慧的伊甸园,个中陈列的罕籍墨宝,既是名人生平思想、工作和生活历程的记录,也是他所处时代风云跌宕变幻,学术消长传扬,流派盛亡兴衰的缩影。所以,这些国家都把名人故居、纪念馆作为一个城市的文化圣地,都把参观、瞻仰列入重要议事日程,列入学校的教学大纲。众多中小学生常在老师带领下,到名人故居、纪念馆接受历史和人文知识的再教育,让先贤作为自己精神建构中的栋梁,让名人故居、纪念馆和大众文化融会一体,从而坚定文化自信,实现当代价值,实可借鉴。由此,我又想到,古之伯牙乃操琴高手,子期为识音行家,金风玉露一相逢,便有了精神上的通感,心灵上的共鸣,便有了"高山流水遇知音"之说。这就需要我们的艺术家,在置身于文化大发展大繁荣的时代潮流中,自觉升腾起对广大读者的"爱",通过笔墨特征,将"爱"注入表现的题材里,创造出洋溢时代审美感的杰作,来震撼读者。而读者亦能紧随时代步伐,学会在美学中散步,那么,双方就会在互动中达成默契,在交流中心心相印;那么,不仅艺术家的精神寄托会闪耀于人们的精神家园,名人故居、纪念馆也会走出深闺、走出寂寞;那么,中国的传统文化遂会"思接千载,视通万里",遂会"芳草年年绿,风物岁岁新"。届时,纵然你只是个匆匆过客,但你带走的,也会是个赏心悦目、甜入骨髓的美梦。

·大明王朝的心结

——刘宗周

对中国文化史稍有涉猎的人,都会知道刘宗周这个名字;而知道刘宗周是位儒学大师的人,就不可能不知道他明亡后以身殉国的故事。

在历史的长河里,在皇帝的心目中,文化人一直是个头疼的问题。因为有文化就会思索,一思索就有自己的主见,一有主见就不易和皇上的旨意保持一致,就会两股道上跑车,走的不是一条路。所以,对于看着眼睛骨头痛的文化人,皇帝是绝不会手软的。纵然一时未被抓、关、打、杀,但躲过了初一,绝逃不过十五。

可是,说来也许有点不可思议,中国文化人对于高高在上一意孤行的皇帝兴许并不买账,但对以他为代表的国家,却是"儿不嫌母丑",忠心耿耿,敬爱有加。那一份情、那一份意,颇似成龙在《国家》中所唱"家是最小国,国是千万家"的味道。关键时刻,即使献出只有一次的生命,也在所不惜。崇祯帝朱由检和刘宗周,一在天之涯,一在海之角,遥隔十万八千里,可朱吊死煤山,远在浙江绍兴的刘宗周竟以未能同死为憾。悲愤填膺的他以宗教般的虔诚和圣爱拥戴南明王朝几个不争气的皇帝,直至为国捐躯。这一份爱国之心,这一份浩然之气,这一份"欲信大义于天下",着实令人热血沸腾。

中国文化人所袒露的这种将自己的安危、将自己的身家性命同国家的命运捆绑在一起,可上溯到伯夷、叔齐,上溯到屈原身上。周武王灭商,伯夷、叔齐以为不合礼仪,是逆天意,遂当道拦住马头劝阻,无果后,宁愿饿死在首阳山,也不吃周朝粮食,显示清白守节。屈原,楚怀王早就将他打入另册,对他憎恶透顶。按理,"君视臣如草芥,臣亦视君如寇仇",屈原根本用不着为这个昏君,为这个昏君统治的国家卖命,可他却偏说"不!"既然你无回天之力,既然你无法改变这种混账局面,那又何必纵身汨罗江呢?要是回家继续做你的诗人,那么,你的大作就远远不止《离骚》《九歌》《天问》《九章》《招魂》……在中国文学史上地位自会更加显赫,更加举世瞩目。

皇帝去一有二,去二还有三,只要走运,子子孙孙无穷匮的。但"哀民生之多艰"的作家、诗人,"万家忧乐到心头"的志士仁人,却并非滥竽都可充数的。

刘宗周(1578—1645),字起东,别号念台,明朝绍兴府山阴(今浙江绍兴)人,曾讲学于山阴蕺山,学者称其为蕺山先生。他24岁中进士,27岁赴京任行人司行人,后又历任尚宝司少卿、太仆寺少卿、通政司右通政、顺天府尹、工部左侍郎、左都御司等职。而在中国文化史上，他是一位响当当的儒学大师。

黄宗羲说："先生于新建（王守仁）之学凡三变，始而疑，中而信，终而辩难而不遗余力。"刘汋亦道："先君子之学，上承濂洛，下贯朱王。"近人牟宗三将刘"诚意""慎独"的学说概括为"以心著性""归显于密"。他的《同易古文钞》《论语学案》《刘子全书》《刘蕺山集》，他的哲学思想，绘就了一幅现实道德实践的理论蓝图，成了宋明理学典籍的浏亮封面。

是的，刘宗周的儒学思想，主要源头是阳明心学。黄宗羲之所以有"先生之学，以慎独为宗，儒者人人言慎独，惟先生始得其真"之说，是因为儒家学说从宋元确立程朱理学，到明初盛行陆、王心学，明末渐衰，历经周而复始的实践、检验，不足之处也时有所显。刘宗周是个富有创新精神的学者、思想家，他不唯上、不唯书、不人云亦云，只唯实。为文如此，为人亦然。所谓"始得其真"，即是对他以自己的学说重铸儒学新风所作贡献的颂扬。有大境界，方有大学问，故后来的学人都尊称他为蕺山学派的创始人。

一篇透析王阳明"心为宇宙本体说"的文章，从刘宗周的心河里淙淙流出："天地之间，一气而已，非有理而后有气，乃气立而理因之寓也"（《圣学宗要·图说》）。气在理先，理寓于气；理即是气，不在气先，不在气外。宇宙的本原是"气"而非"心"，使人如饮醍醐，豁然开朗。

刘宗周对孔、孟之学钻研透彻，对《大学》的"诚意"之道和《中庸》的"慎独"之功尤有独特的心得。他言："《大学》之要，诚意而已矣。格知，诚意之功也。《中庸》之要，诚身而已矣。明善,诚身之功也。"刘宗周以为,"诚"即是信无欺,学理应以诚为本,否则,与禽兽无异;"意"是"有善而无恶"的心之本体,有善而无恶就须举善念绝恶念。一针见血道出"近世士大夫受病者,皆坐一伪字,使人名之曰:假道学"。点明唯有"诚意"方能绝伪,方能让我们的言行成为有源之水、有根之木,也方能包管我们心灵的真挚和敬畏。一个没有亲历过战争的人大书枪林弹雨中的切身感受;一个乏善可陈,自身尽是负能量的写作者,赋予读者满满的心灵鸡汤,岂非是滑天下之大稽的怪事。掏粪工孙勇江获"浙江省优秀城市美容师"之誉,人们都点赞名至实归,就在于他的"诚意"服务。天寒地坼的严冬,一医院的化粪池成了冰窖,吸粪车毫无作用。孙勇江干脆爬入粪池,锤砸、锹铲,硬是将堵得铁实的化粪池清理一空,尽管人被熏得几乎晕厥。所以,我们若将目光拉长,当可知刘宗周强调的"诚意",不仅是学理之本,亦是为人的座右铭。

刘宗周还对王阳明的"良知"说作出了质疑问难:"阳明子言良知,最有功于后学。然只是传孟子教法,于《大学》之说终有分合。古本序曰:'《大学》之道诚意而已矣。诚意之功格物而已矣。格物之极止至善而已矣。止至善之则致良知而已矣。'宛转说来,颇伤气脉。"言辞中肯,洋溢着理性的色彩。至于"慎独",刘宗周将其奉作"圣学之要"。他在《论语学案》中强调:"君子学以慎独,直从声外立根基","视听言动,一心也;这点心不存,则视听言动到处皆病,皆妄矣。若言视思明,听思聪,言思忠,动思敬,犹近支离",反映了他的学术思想既由心学中脱胎,又矫正了心学之失的特征,就像罕见而难得的钻石，历经开采琢磨，终于放出了前所未有的晶亮光芒。

刘宗周著作累累，其中《人谱》是他最为喜爱的杰作之一。他觉得：佛教谈因果、道教谈感应，都出于功利目的，不能真正成就圣贤人格。而儒者所传的《功过格》，也难免入于功利之门。故他以为："今日开口第一义，须信我辈人人是个人。人便是圣人之人，圣人却人人可做。"如何成圣？这便是《人谱》一书的要义。该书先列《人极图》，第二篇为《证人要旨》，第三篇为《纪过格》，最后附以《讼过法》《静坐法》《改过说》。"言过不言功，以远利也。"他认为"诹人者莫近于是"，"学者诚知人之所以为人，而于道亦思过半矣。将驯是而至于圣人之域，功崇业广，又何疑乎！"

然而，这种白首穷经的智慧，这种耗尽心血的结晶，这种历尽人生磨难不断修炼不断砥砺脱颖而出的哲学思想，在信仰缺失、伪娘泛滥的年代，对于那些脑袋中填满沽名钓誉、声色犬马的学人来说，也许是秋风过耳，只是茶余酒后无足轻重的闲话罢了。

但话还得说回来。四百年前的刘宗周，却是十分顶真的。他认为，自己是明朝人，就得为明朝竭尽绵薄之力，无论为官抑或为学，都不能驰心旁骛，虽然他替自己的朝廷痛心疾首，可仍然不遗余力，赴汤蹈火如履平地。这种人格上的大写，这种经得起惊涛骇浪的风骨，绝对是令人仰望的。

人生好比魔方，充满变幻之数。如果，毡笠缥衣，乘乌骓马的李自成无力进入皇城；如果，吴三桂未"乞师"清，清军未能入关，那么，刘宗周不是在朝做"清执敢言"的官员，就是用他那管"金不换"之笔大书特书堪称经典之文。可惜,历史没有如果,只有公正,它不宽容每一个对历史的障碍,也不遗忘每一个对历史的贡献。

崇祯十七年(1644),李自成农民军攻入承安门(天安门),崇祯帝自缢煤山。刘宗周跌足痛哭说:我身虽老,尚当先驱。他还敦促巡抚黄鸣俊荷戈北上,以雪国耻。后南明小朝廷监国于南京,刘宗周又生北伐中兴的希望。哪知天不遂人愿,翌年六月,清军攻陷南京、杭州,潞王遣"诸生耆老驰牛酒,渡江投降"。心如死灰的刘宗周遂步上了自绝之路。面对国家社稷的成败兴亡,作为志士仁人,应该站着死还是跪着生,刘宗周是心明如镜,不沾一点灰尘的。

虽然这种抗击是软弱的,是无效可言的;虽然这种牺牲,是徒费心血的,是于事无补的。然而,这种铁肩担道义的大丈夫作为,这种宁死不屈、视死如归的真汉子精神,荡涤着中国文化人曾有的"软骨虫"的称谓。

不好意思的是,此后,中国的文化人,软骨者并未被荡涤干净。一俟天崩地裂,便大难到来各自飞。各自飞,也没什么,求生的本能嘛!可是,为了求生,为了上位,不惜卖身求荣、失节投靠、肆意诬陷、落井下石,无所不用其极,人格、道义尽皆消遁殆尽,那就不应是一个文化人的作为,即使和明清时期的文化人相比,也差之千里。

如今,让我们转过身去,撩开历史的面纱,瞧瞧血雨腥风的顺治年间,衣冠楚楚的中国文化人的种种行状:有誓死抗击的、有无奈协作的、有忍辱负重的、有埋首学问的、有避世为僧的、然难见卖友求荣的，脱离文化的。正因这种执意不渝、心存一念的操守，方有博大精深的中华文化，方有刘宗周、张煌言、陈子龙、陈洪绶、王思任、金圣叹、黄宗羲、李渔、顾炎武、夏完淳般文化精英，方有一出出时势造英雄的大剧。

因而，那些歌舞升平、纸醉金迷的时代，是很难造就出超尘拔俗的文化大家的，也很难创作出深蕴忧患意识的传世作品。施耐庵、罗贯中见识了农民起义的刀光剑影，于是写出了《水浒传》《三国演义》两部划时代的作品。《西游记》虽是神话小说，但在它诸多幻想的情景中仍袒露着赤裸裸的现实黑暗和民生疾苦。吴承恩的笔端流泻着对当时腐朽政治的愤懑和对光明理想的追求。而20世纪30年代，史无前例的白色恐怖亦造就了中国文化革命的主将鲁迅先生。在兵连祸结天地不宁的明末清初，文坛上却有鲜亮澄莹的风景，缘由就在于此。"人无精神则不立，国无精神则不强。"习近平在纪念红军长征胜利80周年大会上的讲话可谓一语中的，入木三分。

正因这种精神，被明人张伯枢誉为"素节高风，如泰岳然，比朝夕聆教，始觉气宇冲融，神情淡静，又如春风被物，温然浃于肌理"的刘宗周，才义无反顾，执意献出自己的生命。

顺治二年（1645），六月二十五日，晨光熹微。心如死灰的刘宗周孤身只影，拜祖庙，谒祖坟，赴西洋港。其时，天色一片晦暗，乌云织成的无朋天幕，将苍穹遮蔽得严严实实。四野寂寂，水泛幽波，黑魆魆，涸浊浊。视之无形的风，呼啸而来，跌撞而去，吊诡的光影映衬着刘宗周阴郁的面容。

一乌篷小舟。刘宗周兀立舟头，瞧一眼正在酝酿暴风雨的长空,清泪泫然,稍停,发出隐隐的叹息。他沉默着垂下眼睑,缓缓伏下身去,"再拜叩头,曰:'老臣力不能报国,聊以一死明臣谊。'"言讫,投身洋中。倏忽之间,舟行已十数丈,而刘尚浮水面。舟子急忙施救。刘却"以手推舟子曰:'吾将死于此矣。毋误我。'顾良久不得溺,舟子固掖而起……"待得黯然返家,清廷征刘等八人入朝为官的征书恰到。刘宗周曰:"国破家亡,为人臣子惟有一死。七十余生,业已绝食经旬,正在弥留之际,岂敢尚事迁延,遗玷名教,取讥将来?某虽不肖,窃尝奉教于君子矣,若遂与之死,某之幸也……"这篇答词,不啻言如金石,而且告诉我们:生命原本就是活一种姿态,刘宗周的骨头是最硬的,绝非平素曾见的那些软骨虫可比。

自此之后,刘宗周水米不沾,任凭家人苦劝。弥留之际,只是嘱咐儿子刘灿:"做人之方,尽于《人谱》。"把浸润着自己毕生心血的理学作为醒也牵挂梦也牵挂的家园。至于在朝时的呕心沥血鞠躬尽瘁,譬如,屡屡上疏弹劾魏忠贤擅权误国、私植党羽滥杀无辜之罪;譬如,直陈皇上"贤奸颠倒,任用匪人",责备朝廷"吏治败坏","民生不得其所",自己横遭三次罢官,三次削职;譬如,绍兴、诸暨、嵊县连年遭灾,他又是告官放赈,又是集资救济,将民众的安危系于血脉;却是只字不提。至于奉旨"升通政司右通政"时,朝廷对其"千秋间气,一代完人,世曰麒麟凤凰,学者泰山北斗"的照会一事,更是一声不吭。他的心灵世界,没有名利、物欲的羁绊,只有精神的悠远。

是年"初六日,先生命家人扶掖起,幅巾葛袍,肃然端坐。有顷,迁北首卧,以示北面对君之义。神定息微,若将逝者。

家人环哭,先生摇手戒之"。初八日戌刻,单薄却不孤单的先生"气绝,双眸炯炯,至阖棺,视犹未瞑,前后绝食者两旬,勺水不入口者十三日,享年六十八岁"。

自绝,是能活而偏生不活的行为,是对際遇不可抗力的宣战,是对自身奉行信仰的力行。他选择绝食而去,既表明了对其崇仰的先贤的追随之心,也表明了心系明室的大义,其人生的含金量与同时代的诸多文化人相较,是绝世而独立的。

刘宗周离世时,有一首贴近灵魂的绝命辞安放枕边,昭示着他苍凉的情怀:

留此旬日死,少存匡济意。
决此一朝死,了我平生事。
慷慨与从容,何难亦何易。

说的是残留性命多活几天,心中还稍稍存在着匡时济世的念头。下定决心就在今天杀身成仁,这一生终于一了百了,再无牵挂。慷慨就义从容赴死,说简单就简单说难也难。刘宗周终于渡过了"生老病死、爱别离、怨长久、求不得、放不下"那八苦,遂了自己的心愿。

清悔堂老人曾经专程前往,探寻刘宗周凡心淡然红尘了断处,究竟是怎样的一个所在。

"刘念台先生殉节处,在(绍兴)西郭门外西北二里许梁浜村",零零星星的村屋平趴在那里,冷眼旁观世情冷暖。先生住屋,"今为农舍",柴扉半掩,寂然无声,唯树上散叶私语窃窃。"中屋有石陷壁中,高八尺余,大书'明刘念台先生殉节处'。字大径尺,笔势挺劲创古,然无款识,不知为何人

所书也。予往游时,在乾隆乙酉二月□□日。"(《越中杂识》)

于是,这一村舍,这一历史留存的吉光片羽,遂与这位文化人,这位殉国者的英名同存。

于是,后人自然警醒:人生一世,其实就是一种坚守,守住了自己,也就守住了一个世界。

我觉得,对于以精神立人的中国文化人来说,刘宗周,这铁骨铮铮的名字,是永远筑在心底,不敢有忘的。

·梦寻前朝的一脉星光
——张岱

很早以前，诵读明代散文大家张岱的《湖心亭看雪》，惊叹之余，觉得张岱是远在天边的一颗亮星，深邃、神秘。后来，知晓他是绍兴人，距离便倏地拉近。那是一种缘于故土的乡情，一种缘于故土的血脉联系。于是，怀着深深敬意的我，遂沿着一条长长的历史古道前去，只为寻觅前朝的一脉星光，与隐在时光深处的他，作一场心灵的对话，受一次圣洁的洗礼。

一

张岱，字宗子，又字石公，号陶庵、蝶庵、天孙；晚年号六休居士。祖籍四川绵竹。远祖为宋抗金名将张浚。浚六世孙远献于南宋末年任绍兴太守，后世遂定居山阴。高祖张天复，嘉靖二十六年（1547）进士，历吏、兵二部，视全楚学政，后调云南臬副。曾祖张元汴，隆庆五年（1571）状元。祖父张汝霖，万历二十三年（1595）进士，先后做过兵部主事、山东主考、南都刑部、贵州主考等。父张耀芳，天启四年（1624）以副榜贡谒选，授鲁藩长史。明万历二十五年（1597），张岱就出生于这样一个累世通显的家庭。官宦门第和祖上余荫，使张岱的前半生过着富埒王侯的生活。他的风流倜傥，他的出众才华，他的雍容华腴，使其粉丝如云。

江南繁荣富庶的名城绍兴，有座古意盎然的蕺山。崇祯七年（1634）中秋，它经过精心装扮，仿若缀珠叠玉、飘红流紫的童话世界。东道主张岱以不泯的笑容，欢迎来自各地的七百余位宾客、友人，在这里举行聚会。应邀到场的客人，人人携带酒馔蔬果、红毡，在星空下席地而坐，缘山七十余床。一应公子哥儿怀搂美女，对酒当歌，合唱《澄湖万顷》，声如潮涌，山为雷动，浩大声势令人咋舌。酒至半夜，众人兴致愈益高涨，又在山亭摆上戏台，连演十几出，引得邻近居民人等竞相前往，观者上千。待得四鼓时分，月光如水，人在其中，濯濯如新出浴；而随着远山遁隐云中，清朗歌声方始稍息（《陶庵梦忆·闰中秋》）。

张岱生性坦荡，他曾说自己"少为纨绔子弟，极爱繁华，好精舍，好美婢，好娈童，好鲜衣，好美食，好骏马，好华灯，好烟火，好梨园，好鼓吹，好古董，好花鸟，兼以茶淫桔虐，书蠹诗魔"，将明中叶那种"人情以放荡为快，世风以侈靡相尚"之风，发挥得淋漓尽致，荡气回肠。上海图书馆珍藏有一封张岱向金乳生讨要花木的信，就是他"好花鸟"的一个剪影。

金乳生何许人也？《陶庵梦忆》卷一有《金乳生草花》一章，

说他"弱质多病,早起,不盥不栉,蒲伏阶下……"看来是个曾入仕途却早已回归田园之人。金家只有"小轩三间",花园也只有简陋的土壤、竹篱与街道相隔。不像张家的园林,浮舟烟水,亭台楼榭,曲院杉林,庄严威仪。但由于金乳生拥有培育花木的独门秘技,故他种植的"草木百余本",不乏奇花异草,一年四季都有鲜花盛开,都有芳香袭人。单春天就拥有莺粟、虞美人、山兰、素馨、决明,还有芍药、西番莲、土萱、紫兰、山矾……张岱向他讨要的老少年和剪秋纱,都是秋天开花的"善本",富蕴清气,富蕴雅气。张岱在信中说:"倘有奇本,不妨多惠几种",语气平和、礼貌、客气。他十分欣赏自己的爱好,觉得生活本应五光十色,审美自是人间至真,尽情赏玩大千世界的绚丽与辉煌,困了、乏了时,置身霏霏烟雨下,幽寂花圃里,浮动暗香中,不知今夕是何夕,乃是人生最得意最甜蜜的事情。

二

张氏宗族乃书香世家。张岱高祖、曾祖、祖父、父亲皆擅长诗文,且多有著作问世,张天复著有《鸣玉堂集》,张元汴有《不二斋文选》,张汝霖有《砎园文集》,张耀芳"善歌诗,声出金石"。张汝霖对张岱情有独钟,不仅在张岱孩提时就携他去大学者黄贞父处受教,自己也不遗余力栽培。张岱说:"余家三世积书三万余卷,大父诏余曰:'诸孙中惟尔好书,尔要看者,随意携去。'"张家既为张岱留下了丰裕的物质财富,也赐予了取之不尽、用之不竭的精神食粮,而从娃娃抓起的教育,尤使张岱的智力得以不同凡响。六岁那年,正在玩耍的张岱遇见正在观画的舅父陶虎溪,陶指着画对张岱说:"画里仙桃摘不下。"张岱小脑袋一歪对曰:"笔中花朵梦将来。"对仗工整,一气呵成。九岁那年,祖父张汝霖领他去杭州故居。适逢素喜骑鹿,人称"谪仙"的陈眉公。眉公听说张岱善对,遂指着张家堂前的《李白骑鲸图》,念出上联说:"太白骑鲸,采石江边捞夜月。"张岱信口对道:"眉公跨鹿,钱塘县里打秋风。"眉公放声大笑,不恼反赞说:"那得灵隽若此,吾小友也。"(《琅嬛文集·自为墓志铭》)

张岱性喜遨游,辽宁、河北、山东、安徽诸省;泰山、齐云、武当、普陀诸山;南京、扬州、镇江、无锡、苏州、嘉兴诸地,都留有他的足迹,"大江以南,凡黄冠、剑客、缁衣、伶工,毕聚其庐"。至于水路,无论是由杭州经大运河北上京城,抑或从海上前往舟山,那瑰丽的湖光山色,七彩的市井生活,缤纷的风土人情,还有岚云丽日,渔舟唱晚……尽收眼底。平素酝酿于胸的识见、典籍多在游历中得以丰富,得以印证,胆识和文气也得到了空前的淬炼和提升。于是,他将获得的五花八门的知识,洞明的不知凡几的社会镜像和不拘一格的鲜活细节化入《夜航船》的脉络,使之在各个部类中涌动不息。

在《夜航船》的序言里,张岱写有这样一个故事:有一僧人和一读书人同时乘坐夜航船,读书人口若悬河,夸夸其谈。僧人敬畏,蜷足于船舱一侧而寝。后来,读书人竟信口雌黄,不辨东西。僧人惊讶莫名,遂说:"请问相公,澹台灭明是一个人还是两个人?"读书人答说:"是两个人。"僧人又问:"那么尧舜是一个人还是两个人?"读书人答说:"自然是一个人。"僧人笑笑说:"这般说来,且待小僧伸伸脚。"遂以伸伸脚为由离开船舱。大言不惭的读书人也只好偃旗息鼓了。故事并未如小说般铺陈大段的心理描写,只以精短的对话,就让读书人中浪得虚名的"这一个"一露无遗。小小的故事也就有了别样的光彩。

《夜航船》上至天文,下至地理,考古、政事、礼乐、方术、外国、植物及社会状况、世情百态无不囊括于中,整整二十部,一百二十五类,四千余条目,还附有解释,仅凭一人之力,便成就了这一维基百科式的杰作,实令人心悦诚服,肃然起敬。

张岱的散文,喜用梦忆、梦寻来回忆、纪念风土和故国,从而挑起了他创作的半边天地。在《陶庵梦忆》《西湖梦寻》《琅嬛文集》中,许多记述晚明社会生活的篇章都有透出纸外的名士风流和跃出笔墨的文人风采。在名篇《西湖七月半》里,张岱阿嚏了那些"是夕好名,逐队争出",将妙不可言的西湖月色折腾得"如沸如撼,如魇如呓,如聋如哑"的"避月如仇"之辈,希冀"纵舟酣睡于十里荷花之中……"在大自然的怀抱里获得心灵的宁静和纯洁,文字优美,言简旨远,意韵隽永,堪比洗炼、灵动的唐人绝句。旁人是无法类比的。再看以"扬州瘦马"为题,披露人肉市场一文:

> 至瘦马(被卖女子)家,坐定,进茶。牙婆扶瘦马出,曰:"姑娘拜客。"下拜。曰:"姑娘往上走。"走。曰:"姑娘转身。"转身向明立,面出。曰:"姑娘借手睄睄。"尽裼其袂,手出,臂出,肤亦出。曰:"姑娘睄相公。"

转眼偷觑，眼出。曰："姑娘几岁了？"曰：几岁，声出。曰："姑娘再走走。"以手拉其裙，趾出……曰："姑娘请回。"一个进，一人又出，看一家必五六人，咸如之。

文章貌似波澜不惊，骨子里却以冷峻的反思，审视当时社会的沉疴痼疾；直面心灵深处的战栗，抒发世间难平的心音，成了他散文中一道令人感触甚深的风景。而掩卷沉思，则让人情不自禁地想到鲁迅先生在《狂人日记》中所言："从字缝里看出字来，满本都写着两个字是'吃人'！"故学者祁彪佳盛赞张岱散文有郦道元之"博奥"，刘桐之"生辣"，袁宏道之"倩丽"，王季重之"诙谐"。伍崇曜跋《陶庵梦忆》亦指出："昔孟元老撰《梦华录》，吴自牧撰《梦粱录》，均于地老天荒沧桑而后，不胜身世之感；兹编实与之同。"斯言中的。

张岱在写作上力重"勿吝淘汰，勿靳簸扬"，故收集在《陶庵梦忆》《琅环文集》和《西湖梦寻》三部集子里的散文，由于筛选严格，几乎篇篇都是精品。这也使我想起，著名画家吴冠中精心删汰画作的故事：吴冠中创作的画作难以数计，晚年时，他把毁掉不满意的画作纳入重要行动日程；纸作手撕，油画刀剪，然后付之一炬。至于画在三合板上的，则用颜料涂盖殆尽。登门拜访的新加坡摄影师蔡斯民见状，惊诧不已，说："你不是在毁掉画作，是在毁掉豪宅呢！"吴冠中平静地说："我要对得起良心，有瑕疵的画作，是绝对不能留下的，只有认真对待自己的作品，才能赢得观众的尊重和信任。"感动连连中，蔡斯民把吴冠中毁掉画作的整个过程一丝不苟地拍将下来，并以《留真》为题，发表了系列照片，在国际上引起巨大轰动。泰戈尔先生说："有勇气在生活中尝试解决人生新问题的人，正是那些使社会臻于伟大的人！那些仅仅循规蹈矩过活的人，并不是在使社会进步，只是在使社会维持下去。"语重情长，发人深省。

呵！伟大的文化人格必定息息相通，心心相印。

三

崇祯十七年（1644），一个"天崩地解"糜沸蚁动的年代。王朝的更替就像在炉子上烙饼，一会儿翻过来，一会儿翻过去。崇祯帝朱由检刚刚蒙羞以终；自称闯王的李自成就急吼吼登上了金銮殿龙椅。只是屁股还未坐热，即被问鼎中原的满人一脚踢了个嘴啃泥。清帝国一建立，文化专制的铁箍便伴着刀剑伴着镣铐瞄定了子民。处处是恐怖，处处是痛苦，处处是幻灭。当然，也有求索和拼搏的火星在迸溅，在闪烁。其时，绷紧了根根神经的文人们自是"将军不下马，各各奔前程"。有如张煌言、陈子龙、夏完淳者，高举反清复明大旗，宁可站着死，不愿跪着生；有如钱谦益、吴梅村、龚鼎孳之流，则孩子有奶便是娘，管什么汉奸，什么廉耻，只要活得滋润。

这惊天动地的冲击波，也波及了存身江南水乡的张岱。在纤尘不染的书房内，他眺望窗外：云遮湖山，风卷残叶，流水喋声，难见舟楫……心绪不由随着忧郁飘来飘去。在这山雨欲来风满楼的时刻，他想到了高祖张天复，严拒沐氏以金罍功的要挟；

想到了曾祖张元汴得罪权臣张居正、严嵩,只为秉公执法;想到了祖父张汝霖幼年就敢于指正父执徐渭在史识上的失误……他还想到了自己,崇祯元年,改编敷衍宦官魏忠贤倒台传奇《冰山记》,且亲作导演,在绍兴城隍庙戏台公演,演到"酖杀裕妃,杖杀万燝,人人愤扼,怒目相视。至颜佩韦击杀缇绮,人声喧拥,汹汹崩屋,有跳且舞者。大井旅店,勾摄珰魂,抚掌颠狂,楹柱几折"群情振奋。而今,面对清朝的血雨腥风,自己已垂垂老矣,无力再作生死搏杀,唯有将蓄势已久的《石匮书》写出来,"藏之名山,传之其人,通邑大都",以纠正"有明一代,国史失诬,家史失谀,野史失臆"的"诬妄"状况,才是至理。

张岱用未来意识审视当下,把何去何从放到历史的坐标上来衡量、来思忖,遂有了混沌初开拨云见日的通透,有了"胸中藏有百万雄兵"的清醒和镇静。于是,他踌躇满志、胸膛笔挺,一副泰山崩于前而色不变的大丈夫行径。他带上一子一仆,"略携数簏"藏书,昼夜兼程,前往离绍兴百里之遥的剡县山中,隐居下来。

这里,山岭重重,幽谷沉沉,乱石遍地,危崖壁立。逶迤的小路,像被遗弃的琴座上的废弦,时而绕上峰顶,时而落入谷底。偶有寺庙一二,亦是人迹罕至,飞鸟无影。山区的冬天特别冷,苍穹像硕大无朋的冰罩,罩定了世间一切。北风刺骨,寒霜侵髓,四野茫茫,岩石冻裂。我猜想,在那挂满冰凌的草庐里,张岱生不起火,只好哆嗦着身子坚持梳理:曾让他活得赏心销魂的煌煌明朝,怎样被各种竞逐的残暴、野心、贪婪所撕裂?是魏党与东林间的党争;万历、天启时的门户之祸;还是崇祯"一言合则欲加诸膝；一言不合则欲堕深渊"的刚愎本性……他反复追思回想，条分缕析，手麻木了，脚冻伤了，仍像机器人般，用那管浸透了洁白泪雨的笔，祭奠沉积于时光中的国殇，祭奠那苦心孤诣的寻觅。尽管后来返回山阴龙山时"骎骎为野人"，"故旧见之，愕窒不敢与接"，但他依然不管不顾，依然笔走龙蛇，将真切、冷峭的文字融成黄钟大吕，让生命酿成的价值一路飙升。

一个曾经过惯"繁花似锦"奢侈生活的浪荡公子，突然跌入"瓶粟屡罄，不能举火""布衣蔬食，常至断炊"的深涧，不仅没有自尽，还凭着一丝弱息，凭着"敢于世上放开眼，不向人间浪皱眉"的信念，于顺治十年八月，上三衢，进广信，"山一程，水一程"，访问明朝遗老，"事必求真，语必求确，五易其稿，九正其讹，稍有未核，宁缺勿书"来弥补"崇祯朝既无实录，又失起居，六曹章奏，闯贼之乱，尽化灰烬，草野私书，又非信史"的缺憾，真让人高山仰止。张岱在《石匮书·义人列传》中倾诉自己之所以置之死地仍思生的缘由："然余之不死，非不能也，以死而为无益之死，故不死也。以死为无益而不死，则是不能死，而窃欲自附于能死之中；能不死，而更欲出不能死之上，千磨万难，备受熟尝。十五年后之程婴，更难于十五年前之公孙杵臼；至二十六年之谢枋得，更难于至正十九年之文天祥也。"

张岱在严肃冷峻的自我剖析与忏悔中告诉我们：他之所以不愿做无谓的牺牲，是因为撰写明史大业未竟。他要像晋灵公时的程婴，南宋末的谢枋得一样，忍辱负重，发愤作为。那是一个文化人在生死攸关之际对人生真谛的追寻，那是一种气度和智慧，那是人格旗帜的高高飘扬。后世有人指责张岱"畏惧清廷淫威，作遁世之举"，实是未能仰观其伟岸人格，未能撩开面纱洞明其正义担当……令人诧异的是，历史亦有惊人的相似之处，此时此际，张岱的所思所想，和同处十七世纪大时代，远在大洋彼岸的文豪莎士比亚的心境可谓殊途同归。莎士比亚面对专制王朝的重压，从容道："要是上天的意思，让我受尽种种折磨，要是他用诸般痛苦和耻辱加在我毫无防卫的头上，把我浸没在贫困的泥沼里，剥夺我的一切自由和希望，我也可以在我灵魂的一隅之中，找到一滴忍耐的甘露。"（《奥赛罗·第四幕》）张岱和莎士比亚以他们的高瞻远瞩让我们记住：环境愈艰难困苦，就愈要坚定毅力和信心，只有信念和力量的觉醒，才能扛住黑暗的闸门，摒斥暴戾的雾障，迎来生的翠绿，美的芬芳。我还想：物以类聚，人以群分，百年后的曹雪芹居然也能在反思和忏悔中，留下中国第一部大悲剧，"看来字字皆是血，十年辛苦不寻常"的《红楼梦》，兴许亦是受了张岱他老人家的影响，方有如此的大手笔、大气魄、大襟怀。

命运把张岱放到哪里，他就在哪里生根发芽，开花结果。顺治十二年（1655）左右，一个西风飒飒、水远山凝的日子。以司马迁保全史料之地"石匮"命名的明史巨著《石匮书》静静地置身在不知陪伴了他多少年的书案上。

它是张岱采撷自历史大树上的一枚成熟果实，文气丰沛，识见卓越，是与他生命并重的东西。它蕴着晨曦的清新，凝着星星的光亮；它折射着民族的兴衰、屈辱和觉醒。熔铸在它身躯里的，对人性、特别是对敢谏善谏的忠贞之臣和万死不辞的抗清义士的深度探究，成了张岱一生行事做人准则的一个很好注释。清人毛奇龄曰："先生慷慨亮节，必不欲入仕，而宁穷年厄厄，以究竟此一编者，发皇畅茂，致有今日。"读来令人动容。

"太上有立德，其次有立功，其次有立言，虽久不废，此之谓不朽。"（《左传·襄公二十四年》）

衷心感谢张岱为后人留下这么多不朽的文本。

·历史的一面明镜
——章学诚

　　时维九月,序属三秋。和煦的阳光携手清风,送我至绍兴。绍兴,这座时光里的古城,用它古往今来的和声,吸引了难以数计的客人。我虽来过多次,却不知为何,每次都是乐不思蜀,喜不自禁。

　　入得城来,但见小桥横陈;流水淙淙,却又泠泠;路有多长,水就有多远。那水,清亮、柔顺,随着路的逶迤,宛似水袖轻舞,袅袅娜娜,千娇百媚,端的是江南水乡的印记。

　　沿着迤逦铺展的石板街徐徐前行,可见始建于东晋的应天塔,脚下有一些老房子,经过岁月的沉淀,波澜不惊地站在那里,章学诚故居就在其列。

　　一幢满蕴沧桑的旧宅,古朴、纯粹得像一位忘却了年龄的老人,静静地注视着眼皮底下的红男绿女,注视着对面,文化广场上,喜跃汴舞的人群。

旧宅为三开间的楼房，外围高墙嵌有漏窗，内置天井"四水归堂"，应肥水不外流之风尚。正厅上悬"瀓雲山房"匾额，字体凤骞鸾翔。室内，一件件实物、一册册志书、一幅幅图片，还有从田家英收藏的《清代学者书札》中收录的手稿，静静地向人们诉说着主人的生平；墙上的章氏画像，面容清癯瘦削，好像清修的僧人，一副骨中之瘦的模样，眉宇间显现着一种耿直和倔强。

这般羸弱的一个文人，竟能创造出前无古人的辉煌，我不由惊叹莫名。我亦步亦趋，擘肌分理，在章氏的遗踪中瞻望、思量。

人们之所以会在逝去的岁月中寻求心仪的影子，那是缘于个中的一页不同寻常，难以释怀。因而，经验也好，教诲也罢，前车之鉴，后事之师，实价值无限。故唐太宗说："夫以铜为镜，可以正衣冠；以古为镜，可以知兴替；以人为镜，可以知得失……"

章学诚（1738—1801），字实斋，号少岩，上虞道墟人。其父章镳，乾隆七年进士，十六年任湖北应城知县。

章学诚从小身体孱弱，"二十岁以前性绝呆滞、读书日不过二三百，犹不能久识，为文章虚字多不自理。"父母忧心忡忡。他却说，明代张溥，少小愚钝，人称"笨猪"，可他刻意自励，终成大家。我为何不能？从此，他以张溥为楷模，凡看过之书，必抄一遍，朗读一遍，然后烧毁，再周而复始，尽管累得喘不过气，仍不忘"七录七焚"；缺钱买书，怎么办？和妻子商议，悄悄变卖首饰换取，虽然增添了负担，可心里稳当。联想如今，有的人，买书多的是钱，大部头，精装本，满书架，但他并非为了阅读,而是生怕别人怀疑他不阅读。面对章氏的作为,我想,这些人也许会"榨出皮袍下面藏着的'小'来"。

我曾经见过一幅有趣的漫画:有人面对阳光,将一凸透镜举在头上,不久,"嗤"的一下,头发燃起了火光。聚焦产生能量,成功在于专注,章学诚将自信和热爱凝聚在一起,那智商、那才华就有了激活的土壤。

有资料告诉我们,当年,章学诚虽然经文、诗赋都在攻读之列,然爱到骨髓里的却是史书。父得官应城知县期间,他随同求学。一天,他就读《左传》,忽然心血来潮,觉着可以将编年体史书《左传》予以删节,改写成方志。于是,他让县衙的小吏们帮忙赶抄。章父指点迷津说:"编年体史书仍按编年体删节,价值不大,不如按纪传体重新编纂。"章学诚顿受启发,遂将原书拆分,按纪、表、志、传重新编纂,成百余卷,以《东周书》为名。全书围绕历史文明,检讨过去,推理未来,蔑视旧俗,鞭策偏见,彰显了一个古代少年化常规为新颖的创意。

就在大功即将告成之际,拳头里面忽然闪出了巴掌。业师柯绍庚得知了这一秘密。不由怒从心起:章学诚,你翅膀未丰,就想飞翔,这还将了得!他找上章父,非要将《东周书》毁之不可。师爷求情,他正眼也不屑一瞧。眼看自己的骨中之骨、肉中之肉,似山岭之石,层层叠叠地堆于院中,在满天烟火中化为灰烬,跪在一旁的章学诚,充血的眼睛是星光加泪光。他不只是为自己,更是为业师,只知低头赶路,不知抬头观天,故见自封,唯我是执。

章镳只做了五年知县便被罢官,因贫竟不能返乡,只好留在当地,以教书为生,多达十余年。章学诚虽遭"焚稿"之击,但不忘初心，依然在史学之路上虔诚修行。"志属信史"，志书是历史的一面明镜，"志乘为一县之书，即古之一国之书也"的理念亦如金子般越磨越亮。

乾隆二十九年（1763），天门知县授章镳修《天门县志》，章学诚应邀写序，提出《修志十议》：议职掌；议考证；议征文；议传例；议书写；议援引；议裁制；议标题；议外编。且每议均有精当的解释和说明。就像投进去一个篮球就可决定胜负成败那样，其轰动效应无异给自古以来墨守成规的修志思想带来了深刻的革命。梁启超在《中国近三百年学术史》中说"清代唯一的思想大师是章学诚。"章炳麟赞叹道：

他

不学八股文

不写时令文

不留国子监

不当知县令

不入四库全书馆

他的五不精神，就是一个大写的中国人。

法国汉学家保尔·戴密微言："章学诚是第一流的史学之才，可以和阿拉伯史学家伊本·卡尔顿或欧洲最伟大的史学家并驾齐驱。用其天才的思想火花，照亮了那个特别黑暗的世界。"（鲍永军：《史学大师章学诚传》封底，浙江人民出版社2007年史学评论版）众多掷地有声的评价，让人从心底里感受到，中国史学走向世界，并非是一句空话。

在这"出师一表真名世，千载难堪伯仲间"盛名下，各县州官员自然闻风而来，邀请他前去编纂志书。他们知晓，方志不仅显现了当地官员的学养水准，更是一地的形象工程。于是，《和州志》《永清县志》《亳州志》……一部部恍若早晨清新空气般的方志脱颖而出。

章学诚之所以能成为方志领域中无出其右的人物，是同他世事没有最佳只有更佳的思维分不开的。他不仅时时解剖别人，更多的却是毫无情面地解剖自己。找出个中的障碍和瓶颈，随时在自设的樊笼里寻求突围。因而，在55岁那年，他结合修志、用志、评志的实践撰就了方志理论的核心著作《方志立三书议》，给方志学精义作出科学的梳理：撰好方志，须立三书，"志"是主体，是"仿纪传正史之体而作"，与撰史一样，体例、内容、文字均系讲究；"掌故"如同会要、会典，与"志"相辅而行；"文征"则类似文鉴、文类，其"大旨在于证史"。当方志三书分立的学说，以墨的形式呈现，就有了一种不容忽视的内力，就有了一种革故鼎新之功。那展现的别开生面的方志书写风景，令人忆起了一则禅宗公案——

百丈禅师每天上堂讲法，经常看到一老人随众听讲然后离去。有一天却立着不走。禅师遂问何故？老人说，五百年前，我就住在这座山中，因为讲错了一句话，遂被罚作五百世狐狸，今罚刑已满，乞求禅师能以亡僧之礼烧送。禅师答应后，老人当即离去。翌日，禅师让众僧到后山寻找亡僧，众僧都觉惊讶，禅林中最近并无去世之人呀！禅师便亲自带领众僧前去山后寻找，果然未见去世的僧人，但见一只黑毛大狐狸倒卧在巨大的磐石上，已是死去。禅师遂将前因后果告知。众僧大吃一惊，于是，恭恭敬敬地依照去世僧人之礼将其火化安葬。我以为，章学诚是宁愿呕尽心血，也不肯让方志有所背离，以致罚作五百世狐狸，这是他的底线；而开启他人心中的灵犀之门，导引其登上成功的彼岸则是他的本心。

其中，费时两年才编纂成功的大型《湖北通志》可谓他修志的代表作。它全面体现了《方志立三书议》的精神，纪、图、表、考、传一应俱全不说，还有《文征》《掌故》《丛谈》辅佐，观点新、材料新、方法新。当年曾风靡一个时代，是中国近代志书领域中的重要坐标。

章学诚著述累累，而轰动朝野的拳头著作当推《文史通义》。它是一部纵论文史、品评古今的学术著作。它不像《史通》只是论史，《文心雕龙》只是论文，而是史、文同时并举，"纲纪天人，推明大道"，"通古今之变而成一家之言"，而凡此种种，均围绕着"经世致用"这一轴心旋转，将"得一言而致用，愈于通万言而无用者矣"奉为圭臬。因而，章学诚曾十分自负地说："郑樵有史识而未有史学，曾巩具史学而不具史法，刘知几得史法而不得史意。"言外之意，唯自己才是史识、史法、史意三驾马车的主人。事实上，他的《文史通义》就是融史学、史法、史意于一炉的杰作。"史省而事益明，例简而义益加精"。书中率先写出的《经解》篇章，就犀利地剖析了俗世的陈腐观念，指出：官吏不是社会经典，真正的经典是有道德的人；理论不全是社会的老师，真正的老师是自由的思想；实践和理论相结合的智慧亦是真正的老师，真正的经典；对于当时世俗中的流弊，应当及时批评纠正。

此文一出，先睹为快的友人惊讶得久久回不过神，待得清醒，则奔走相告，如获至宝；其国子监的老师朱筠也啧啧称羡，拍案叫绝。

《文史通义》全书三十万字，八卷，内篇五卷，外篇三卷，一百二十篇文章，章学诚整整撰写了30年。生前刻印零零星星，直到道光十二年（1832），章学诚的次子华绂方在开封第一次刊印八卷；而他的所有著作，于1920年才由吴兴刘承干搜集整理成《章氏遗书》三十卷，《章氏遗书外编》二十一卷。从此，它成了史海的帆影，成了"潜史"者的氧气。

章学诚的一生，穷困潦倒、颠沛流离。31岁上父亲去世后，全家老小就靠他书院讲学、编写方志和朋友资助为生，家无宿粮乃是常事。他脸瘦得只有巴掌宽，病魔如影随形。43岁时，第三女因病无钱医治，死在他的怀中；后长孙女和小儿子亦在困顿中冻饿而去。他曾供职国子监，参与《乐典》编修，这是多少人可望而不可即的美差。但因庸人弄权，才高遭忌，愤而离去。他一生七应乡试，42岁中进士，50岁得知县职位，可又以性格拘迂，不愿入仕，而走殚究经史一途。就像春秋战国时期的颜斶，在众多士人奔走游说，期盼封侯拜相之际，他却拒绝齐王的邀请和丰厚的物质享受，宁可远离权力中心，生活于野。作者赞叹说："斶知足矣，归真返璞，则终身不辱。"（《战国策》）将自己的人生志向和人格尊严放在第一位，这中国传统文化的菁华，正为章氏所力行。44岁那年，他将几十年来心血的结晶装入箱子，前往河南，拟与大家切磋交谊。谁知半途遭劫。劫匪满以为沉甸甸的箱子少不了金银，哪知全是文字，盛怒之下，付之一炬。这一变故无异于是要他的命。可他一回家，却即拂砚伸纸，磨墨挥毫，从头再起。唯有无惧矿难般的危险与痛楚，才能找到那条深藏而极具价值的矿脉，章学诚是深谙个中之道的。

嘉庆五年（1800），63岁的章学诚双眼失明，但住在应天塔山麓的他，仍口授修改《文史通义》《校雠通义》，还完成了浙东史学的代表作《浙东大义》。在他的天地里，似乎只有"史志"二字。翌年十一月，这位处在"几无生人之趣"境况中的史志巨擘，在贫病交加中，留下了一句石破天惊的话："我百年后才与有思想的人对话。"殉道而去。这是千帆过尽后的心声，这是大彻大悟、充分形而上品格之语。

太阳从容不迫地注视着人间，云朵高高的，空气发散着一股温暖。章氏故居一侧的浓荫下，一位画师手持画笔，尽情挥洒不已，沙沙沙，伴着春蚕咀嚼般的轻音，潇洒、飘逸的线条便由笔底流淌到画稿上。

我细细端详，但见他灵动的手指牵引着线条，盘旋、往复、聚散、交错，时而密不透风，时而疏可跑马，原先看着不知所云的线条渐渐融会成头顶的蓝天白云，融会成——章氏故居，融会成"干云雾而上达，状亭亭以苕苕"的应天塔景……所有这一切，使我美得"不知有汉，无论魏晋"。我不知章氏那"如椽之笔"和画师"将人唤醒在画中"之笔是否源出同一文脉，但分明感受到先生瓜熟果成的气息宛如普照的阳光酽酽地湿润着我的心房，激励我们面向未来，天天向上。

·四十年心力此中殚
——李慈铭

一

公元1861年,清王朝咸丰十一年,七月十七日清晨,咸丰帝病逝于热河避暑山庄。年仅五岁的载淳继位,是谓同治帝。

早在七月十六日,咸丰帝自知不起,遂召见载垣、端华、肃顺、景寿、穆荫、匡源、杜翰、焦佑瀛等八大臣,命他们"尽心辅弼,赞襄一切政务",以防意外之变。

然蛰伏已久的西太后岂是等闲之辈。她审时度势,"明修栈道,暗度陈仓",拉拢东太后慈安、恭亲王奕訢发动"辛酉政变",剑锋到处,诗意的想象、家园的温暖全成了血腥:"顾命八大臣"里肃顺被杀,载垣、端华被迫自尽,穆荫、匡源、杜翰、景寿、焦佑瀛革职查办。"二宫垂帘,亲王议政",大清王朝的历史揭开了从未有过的一页。当然,生杀予夺的最终标尺则牢牢攥在西太后慈禧的手心。

所有这一切,使我恍若置身深不可测的古井,骇异而又心悸。

而此时,有"一代真名士"之称的李慈铭,却在考场上屡战屡败,不知所以。

同治三年(1864),李慈铭再应顺天乡试,榜发,他屏气凝神望着榜单,从头到尾,又从尾到头,目不稍瞬,就是未见自己之名。夜以继日的苦读,日以继夜的祈盼,最终仍然像风像雾又像烟,仍然成了无奈和悲凉,长叹声中,他耷拉着脑袋,打点行装,准备离京返乡……

我放下笔,仰望苍穹,只见暗云低垂,天光惨淡;望着望着,钱易在《南部新书》中所记的一则故事忽地浮上了我的脑际——

有一姓杜的读书人,参加了一次又一次的科举考试,但每次都像撞在铁板上,"呼!"的一声过后,唯有剔骨般的疼痛留驻心房。这次正想闷声返家,忽接妻子来诗:

良人的的有奇才,
何事年年被放回?
如今妾面羞君面,
君若来时近夜来!

言辞固属阴损,但为丈夫落第蒙羞,盼他趁着夜色偷偷回家的心态却让人同情,让人感慨莫名。科举其实颇像泺水,乍看浩浩汤汤,翻腾澎湃,波澜壮阔,可在它的冲刷下,人性的堤岸时有崩坍。落榜自然悲哀，高中也未必全是喜剧，我们只要看看书本上的《范进中举》和《孔乙己》，看看舞台上的《琵琶记》和《秦香莲》，就会感到心酸，感到心碎。好在李慈铭并无此忧。他虽是时乖运蹇，仕途困厄，但明白，一个人的生命有限，总得守住几分初心，其中之一就是著书立说。于是，这壶不开提那壶，转过身去，在寂寞的天地中施展拳脚，且兀兀穷年。

李慈铭文化功底深厚，在传统的经学、史学、文学诸方面成果斐然。《清史稿》说他"为文沉博绝丽，诗尤工，自成一家"，是同光时期才望倾朝的学者。虽然也有过星星点点的异议，但几乎都被人们忽视不计。难怪早在同治十一年，陶方琦就在《〈越缦堂日记〉跋》中说："越缦先生邃于经史之学，凡百家诸子以及地志、内典之书靡不观览……凡一书无不悉其殿最，雠书既富，俨为大儒矣。所著书甚多，尽得力于汉魏师儒之说，尤精训诂声音之学，故能上接阎、顾、江、惠、戴、钱诸儒而集其大成也。"（《天津图书馆孤本秘籍丛书》第4册，北京：中华全国图书馆文献缩微复制中心1999年影印本）。徐世昌主持编纂的《清儒学案》不但专为李慈铭设立"越缦学案"，而且赞叹说："越缦洞明三礼，尤精小学，博极群书，勤于考订，兼尊朱学，谓可以治心。生前为词章之名所掩，殁后遗书渐出，学者服其翔实，翕然称之。"（徐世昌：《清儒学案》卷一八五，中国书店1990年影印本）但就是这样一位大家，其著作得以刊印的数量却少得可怜，有的仅以稿本、钞本的形式存世。我以为，个中原因，一是文字众多，卷帙浩繁，上千万字的作品，刊印的人力、物力均非同小可；二是内涵深邃、又多旧学，更兼札记、评论、考释难离原文，操作起来，难度就更大了。而当下，很多人都在倡导中国的民族复兴和文艺复兴，要是有关的权力机构能对李慈铭的著作予以系统的梳理，了解其存世现状，探究其刊印情况，从而有的放矢，对症下药，使其阐释的中国思想里的儒、释、道传统，中国文化里的许多精髓，得以发扬光大，那可是功德无量。

在文化的坐标轴上，越缦老人的文字成了拭尽灰尘的金子。他的著述，经学，稿本三册，现藏国家图书馆；日记，稿本，咸丰四年至同治二年间（1854—1863）的现藏于上海图书馆，同治二年至光绪十五年（1863—1889）部分现藏于上海博物馆，光绪十五年以后的日记未知藏处。诗文集，稿本、钞本，多为国家图书馆、上海图书馆藏……

二

李慈铭（1829—1894），初名模，字爱伯，号越缦，霞川，小字莼客，浙江会稽（今浙江绍兴）人，晚清文史学家、藏书家、诗人。

李慈铭自幼聪颖，勤思好学，按孔子"十有五而志于学"之说，他十五岁上，遵父命，以"闰七夕"为题作五古一首，颇得众人赞赏。做父亲的却说："吾所望于孺子者不止是也。"（李慈铭：《越缦堂日记》，扬州：广陵书社2004年版，第123页。）意思就是我所希望的孩子的本领不啻于此，而是博取功名荣宗耀祖。李氏家族自六世祖李登瀛中康熙五十一年（1712）进士以来，继有李光涵中道光年间进士、李国琇中同治年间进士。作为家长，李父自然盼望殷殷。只是天不遂人愿，李慈铭十一次参加南北乡试，尽皆铩羽而归。42岁始中举人，又经十年苦战，方于光绪六年（1880）得中进士，虽然迎来了望眼欲穿的"春风得意马蹄疾，一日看尽长安花"的日子，但补授山西道监察御史时，李慈铭已是六十有二，十足一个垂垂老人了。所以，李慈铭曾在所居保安寺街宅门上贴一联："保安寺街藏书十万卷，户部主事补缺一千年。"宣泄自己久郁于心的愤懑。而我，也终于从中顿悟，一生苦读，年年落选的范进一旦中举，竟会喜极而疯的缘由。

李慈铭上任伊始，就发现都察院中在职御史"大率猥鄙顽钝，发蒙征禄，荼然待尽"，遂对官员中的不法之徒屡屡参奏，"大臣则纠孙毓汶、孙楫，疆臣则纠德馨、沈秉成、裕宽"，只是收效甚微，"数上疏，均不报"（《清史稿》卷四八六《李慈铭传》，北京：中华书局1977年版，第13440页。）但尽管如此，他仍矜尚名节，制订七例："一不答外官，二不交翰林，三不礼名士，四不齿富人，五不认天下同年，六不拜房荐科举之师，七不婚寿庆贺。"以作自勉。

光绪庚辰年间，尚书阎敬铭严查所属人员，命部下诸曹郎分批分日晋见。他高坐在上，由司官在旁据簿唱名，堂下应诺犹似点隶呼囚一般。李慈铭立马手书千言，责其不符政体，有辱朝廷命官，小看天下士人……（《碑传集补》卷十）这赤裸裸的以下犯上，是要冒被惩办的风险的。可他不管，只认定，人不能低下高贵的头！才而狂的本色昭然若揭。

　　李慈铭嗜书如命，寄居北京期间，经常举债度日，但由《越缦堂日记》所记其收支情况，可知他每月最大的开销却是买书。有年寒冬，李慈铭将买煤的钱都花在古书上，只好在冰窖般的室中，抖着身子读书，还乐滋滋说："经义悦人，如是如是！"对李慈铭来说，只要有书作伴，内心就一片澄明，外界一切的一切，都不足道也！故袁行云一锤定音，赞"其人品、词章、学问，俱有可称，是亦未可轻议也"。

三

　　晚清是中国社会剧烈动荡的时期。它像一艘年久失修的航船，颠簸于风急浪高的海洋中，随时都有倾覆的危险。置身内忧外患，知识分子纷纷用日记的形式来记述社会的现状、心灵的感受、大众的呼声，且每天都记，每记必详，使日记成为时代的回音壁。李慈铭自然也不例外。随着时光的流逝，他以笔作杖，前行不辍，竞相而出的《越缦经说》《说文举要》《明谥法考》《园朝儒林经籍小注》《越缦堂读书记》《越缦笔记》《湖塘林馆骈体文钞》《霞川花隐词》……足以让诸多墨客骚人卑陬失色，更不用说《越缦堂日记》那样的扛鼎之作了。

　　面对李慈铭繁花满树般的著作，而且又都是重量级的，我不由思忖：他是怎样造就的呢？这可是登峰造极的事儿呵！直至读到马尔克斯的信，心里才有了底。1999年，72岁的马尔克斯得知自己患上淋巴癌后，给他的读者写了一封告别信，信中说，如果上帝赋予我片刻生命,"我会少睡觉,多思考。因为我知道,每当我们闭上一分钟眼睛,我们也就同时失去了 60 秒。当他人停滞时我会前行,当他人入梦时我会清醒,当他人讲话时我会倾听,就像享受一支美味的巧克力冰激凌!"争分夺秒地工作,且视为美妙的享受!我以为,马尔克斯的这一心声也许正是我们洞明李慈铭个中奥妙的钥匙。

李慈铭自 17 岁上开始写日记,一直到逝世前十天,手不能动口不能言为止,整整四十余年,山崩不动。那时不比现在,凡重要著作,国家有研究基金、项目经费、创作补助、学术津贴,他是一盏茶、一箪食,无不自力;他是用心血践行使命。

就像明清时期诞生了《水浒传》《三国演义》《西游记》《红楼梦》四大古典文学名著那样,晚清也涌现了四大著名日记:李慈铭的《越缦堂日记》,翁同龢的《翁文恭公日记》,叶昌炽的《缘督庐日记》,王闿运的《湘绮楼日记》。令人拍案叫绝的是《越缦堂日记》一经面世,就像章鱼的触手,无论是谁,一旦碰及,就会被个中深蕴着广博和渊深的吸盘粘住,休想脱得。不啻学术界奉其为"四大日记之冠",还享有"可继亭林《日知录》之博"的殊荣。同治、光绪年间文人圈内甚至有"生不愿做执金吾,惟愿尽读李公书"之语。李慈铭的日记之所以倍受学界青睐,一方面固然在于李慈铭本人的名望,另一方面则是由于日记本身的内容和价值。日记文字达数百万言,对清咸丰到光绪年间的朝野见闻、人物评述、名物考据、书画鉴赏、山川游历以及北京等地的社会风貌等均有翔实记述,有许多内容还填补了正史的空白,如光绪癸未十一月初七日的日记就有对红顶商人胡雪岩陷入灭顶之灾的记述："昨日杭人胡光墉所设阜康钱庄忽闭。光墉者，东南大侠，与西洋诸夷交。国家所借夷银曰：'洋款'，其息甚重，皆光墉主之……阜康之号，杭州、宁波、上海皆有之，其出入皆千万计。都中富者，争寄重赞。前日忽天津有电报南中有亏折，都人闻之，竞往取所寄者。闻恭邸、文协揆等皆折阅万余万。"此外，日记还仿《四库全书总目》提要的体例，撰写书籍介绍及评论、札记，经史百家无所不涉，其诗词、骈文作品亦收录其中。读着读着，心中的感悟就像雨后的蘑菇，蹭蹭上蹿。鲁迅注重《越缦堂日记》"补史传，启后学，益人心"的作用，他"购《中国学报》第二期一册，报中残无善文，但以其有《越缦日记》故买存之"（《鲁迅日记》）。胡适亦坦然承认自己重写日记是受了《越缦堂日记》的影响。曾为李慈铭儿子塾师的蔡元培更有诗盛赞《越缦堂日记》："四十年心力此中殚，等子称来字字安。岂许刚肠容芥蒂，为培美育结花欢。史评经侦翻新义，国故乡闻会大观。名士当时亦如鲫，先生多病转神完。"《日记》的价值和作者治学的精神跃然纸上。

"鉴湖越台名士乡，忧忡为国痛断肠，剑南歌接秋风吟，一例氤氲入诗囊。"这是毛泽东对越地历史文化的经典阐述。从虞舜夏禹、越国君臣，至光复群雄、中共英豪，无不披肝沥胆，以济世救人的伟力在历史的星空闪耀。我想，李慈铭之所以有此大手笔，之所以能令人们抬头仰望，除却自身的奋发，也许与越地文明的深厚积淀紧密相连，与大好河山的自然陶冶息息相关。

四

中华民族是世界上最早步入文明的民族之一，象形文字的发明，造纸和印刷术的创造，催化了书籍的繁荣。于是，原本星星点点的文明的火种，遂从一页页散发着墨香的书页中升华成燎原大火；于是，不少富有文化学养和文化良知的智者便将读书藏书作为一种神圣的事业。杨以增、丁丙、陆心源、范钦……即是其中的佼佼者，李慈铭亦跻身其中。

至此，也许有人会有异议：杨以增、丁丙、陆心源名动大江南北，自不消说，范钦，天一阁的藏书也有二万二千余种，十五万八千余册。可李慈铭呢？虽一生酷爱藏书，但充其量不过八百余种，一万余册而已。仅这数量也列入藏书家的行列，难免有"插队"的嫌疑了！我觉得，这样说，是只知其表，不知其里。须知，李慈铭藏书之所以出名，并非数量众多，也非版本名贵，而是书上的批校题跋。在他的藏书中，单手校、手跋、手批之书就有二百余种，几占藏书总数的三分之一，如光绪庚辰十二月五日手批学者俞樾的《湖楼笔谈》："其书甚可观，远出随笔之上……其谈经二卷，喜为新说，多不可训。谈史汉二卷，考证多密。谈小学一卷，尤为精致。"那精当的点评在当时，就像法官敲下的"法槌"，响亮、权威，令人信服，不但对我们研读古籍大有裨益，还有益于我们理解李慈铭的学术思想。这是其他藏书家所望尘莫及的。所以说，以学者论，李慈铭的藏书已是超群绝伦不同凡响了。

光绪二十年（1894），中日甲午战争爆发，清军战败。消息传来，躺在病床上的李慈铭明知头顶是蓝天白云，但一种如入囹圄的感觉一直窒息着他的心胸，他想高呼，然一张口，鲜血即喷涌而出，任医生用尽十八般武艺，还是含恨而去，再也无缘得见这一晚的日照西窗，以及翌日的报晓晨曦了！而不知羞耻为何物的西太后却依然优哉游哉，逍遥在王座上。只是，天下无不散的筵席，十多年后，不可一世的慈禧终于到了人生的尽头。野旷天低，暮云四合，曾经的一切都随着她生命状态的终结而遽然逝去。而越缦堂主李慈铭，一个"旧文学的殿军""最后的朴学家"，却时至今日，依然光焰皙皙，依然泰山石敢当，无人能够撼得。

·仰望北大之父
——蔡元培

一

仰望北大之父,应是始于1999年年底。自那时起,我的思绪就向着他倾斜。但其时,他曾经轰轰烈烈的生命,已若岩间离披的兰芷,早被荒烟蔓草所遮掩,因而,他是不会知道,我对他因追思而惆怅,因尊崇而久恋的深情的。

正是他,让我知晓了一位忧国忧民,为教育、为学术、为人类和平进步奉献一生的人所具有的人格魅力,并进而洞明他闪耀在"学界泰斗,人世楷模"(毛泽东语)字里行间的灿烂光芒。

这里说的北大之父就是蔡元培先生(1868—1940)。他字鹤卿,号子民,浙江绍兴人,是中华民国南京临时政府第一任教育总长。他在执掌北大的那个年代，将一所曾经专收七品以上京官的衙门式京师大学堂，"博采众长，厉行革新"成"当以研究学术为天职"，以"思想自由，兼容并包"为灵魂的高等学府。于是，陈独秀、李大钊、鲁迅、胡适、钱玄同、刘半农等一大批具有新文化、新思想的代表人物进入了北大，于是，蓝天白云，红花绿草都缤纷成和弦，缤纷成超拔，从而催生了马克思主义的传播和中国共产党的诞生。蔡先生的教育思想和办学方针，永恒地垂训于此后的岁月，使北大师生始终浸润在他那包罗万象的浩瀚大气之中，并在时光的长河中绵延不息。周恩来先生赞他"从排满到抗日战争，先生之志在民族革命。从五四到人权同盟，先生之行在民主自由"。人们尊奉他为"北大之父"，这也是蔡先生生前无法想到的。

　　仰望蔡元培，于我来说，除了他在学界的丰功伟绩，尤有他在人世的端方品格。那以真诚做笔、热血做墨，在光洁的信念之纸上书写的人间大爱，不时地触动着我，激励着我，沿着人生三角形的斜面向上走。蔡元培先生"德育实为完全人格之本，若无德虽体魄智力发达，适足助其为恶，无益也"之心语，像通透的灯光，照亮我们的心扉，使我们颖悟：人生并非是一支短短的蜡烛，而是一支暂时由我们拿着的火炬，在人生的任何场合，无论是艳阳高照清风怡人，还是阴风怒号浊浪排空，我们都要惟贤惟德，将它燃得十分光亮，然后交给下一代。

二

2000年仲春,和风摇曳着片片草叶,溪边湖畔,尽见袅袅娜娜抽出新绿的柳枝。怀着和畅喜悦心情的我细细回味关于蔡元培先生的小故事和自己的感受,供与我一样仰望蔡元培先生的友人共同分享。

——鞠躬回礼。1917年1月4日。北京的雪,像千万只玉色蝴蝶漫天飞舞。一辆四轮马车迎着透骨寒风,"得得得得"驶进北大校门。早已分列校门两侧的工友,恭恭敬敬地脱下帽子,向新任校长鞠躬致礼。蔡校长见状,当即下车,摘下礼帽,向迎接他的工友们鞠躬回礼。那情那景,正像一首小诗所言:"一身旧式棉袍 / 还在寒冬季节 / 你宽阔火热的胸膛 / 却喷涌着欣欣向荣的春讯……"

富兰克林说得好:"从来没有哪一个真正的伟人不是真正有德行的人。"

——春风化雨。1919年6月,一湖南籍马姓学生考入了北大。当他踌躇满志赶到北京报到时,却被告知:新生入学,必须办理入学保证书,保证书上必须有一京官签字盖章,否则不能入学。

这下,马姓学生犯难了!作为一名乡下的农家子弟,北京也是头趟幸临,哪里会有官家的亲友呢!但就这样返回老家,那又心有不甘。无奈之下,他硬着头皮给北大校长写了封信,言北大这一规定不符合五四民主运动精神,并坦率地说,如无余地,宁愿退学,也不会低头屈膝前去求人。

蔡元培收到信后,立马写了回信。信里恳切地告知,德、法各国大学,的确没有这种制度。但是,北京大学是教授治教,与国外不同,这一制度已经教授会议讨论通过,任谁也无权变更,若要变更,也须经教授会议讨论通过才行。最后,蔡元培校长表示,在制度变更前,他愿代为担保。于是,先生和学子结下了不解的深缘;于是,无数双原本惺忪朦胧的睡眼刹时苏醒。这等情怀,这等义举,即使在今天,也是十分难能可贵的。要是我们每个部门的当权者都能像蔡先生那样,热心地希望把一切做好,不但自己独善其身,而且勇于付出力量兼善天下的时候,我们的社会就会愈益显出蓬勃朝气和盎然生机。

——浩然之气。北大办学伊始,有一不成文的惯例,即开校务会议时,多讲英语,不懂英语的教授,只能木鸡般坐着,痛苦莫名。蔡元培任校长后,提议校务会议发言一律改用国语。外籍教授大不以为然,反对之声此伏彼起。他们的理由是只会英语不懂国语。蔡元培据理而说:"假如我在贵国大学教书,是不是因为我是中国人,开会时你们就说中国话?"听罢此言,外籍教授除了摊手耸肩,再也无话可说。从此,在北大,不仅校务会议,任何会议发言,一律用国语,不用英语。

其时,有两位英国公使馆介绍来的教授,不但我行我素,而且行径低劣,不时带学生前去八大胡同妓院干不端之事。蔡元培看在眼里记在心里,待得聘书期满,遂不再续聘。英国驻北京公使朱尔典得悉此事,亲自出马,非要蔡元培续聘不可。蔡元培却用铁质的声音,连同扬起的手势,让对方明白:北大是教书育人的地方,不是慈善机构。

"一时强弱在于力,千秋胜负在于理"。在"只愿在真理的圣坛之前低头，不愿在一切权力之前拜倒"的蔡元培先生面前，那些闭着眼睛匍匐在洋人脚下的"堕爷"们不知有何感想？

——特立独行。1919年5月8日。北大教员聚会反对《凡尔赛和约》割让山东半岛给日本，抗议北洋政府对学生运动的镇压。蔡元培义愤填膺，说："抗议有什么用，我是要辞职的。"第二天，他毅然搭上蓝色的京沪快车离开了北京，《不肯再任北大校长的宣言》像黎明举起的一轮朝日，像丹柯举起那美丽的心灵。林语堂颂赞蔡元培"软中带硬，外圆内方，其可不计较者不计较，大处却不肯含糊"；称"有临大节凛然不可犯之处，他的是非心极明"。具有世界性影响的哲学家、教育家杜威当时正在中国讲学，他曾亲眼见证五四运动的前因后果，对胡适说："拿世界各国的大学校长来比较一下，牛津、剑桥、巴黎、柏林、哈佛、哥伦比亚等等。这些校长中，有某些学科上有卓越贡献的，固不乏其人，但是以一个校长身份，而能领导那所大学对一个民族、一个时代起到转折作用的，除蔡元培而外，恐怕找不出第二个。"而在他诞辰一百周年时，能被联合国冠以"世界文化伟人"称号的，在中国现代文化人中，也只有蔡元培一人。

蔡元培先生堪为人世楷模的故事难以计数，难怪人们以滋养渴望生之悠远的清泉相比。他给疲惫的旅人捧上一汪甘甜的汁液；给萎顿的草木开拓一脉葱郁的生机；给干渴的种子一个流金溢彩的秋季。

正因蔡元培先生好雨知时节，润物细无声，所以我总是特别注重阅读和收藏关于他的文章和书籍。例如：1898年10月，蔡元培任绍兴中西学堂总理（校长）后，曾应嵊县知事邀请，来嵊担任剡山、二戴两书院院长的资料；1999年11月的《浙江作家报》亦是，该报第七版一整版尽是王旭峰《仰望世纪初的灿烂星斗——读〈北大之父蔡元培〉后感》的文章，对作者，对当世通儒、道德文章、谦谦君子的蔡元培先生的评说可圈可点；又如，蔡元培先生携手诺奖得主、印度诗圣泰戈尔在中印两国创办中印学会、开中印文化交流之先河的文字：印度共和国最早的三位总统普拉沙德、拉达克里希南和侯赛因都曾是中印学会会员；蒋介石、宋美龄、陶行知、张大千、徐悲鸿……都曾到印度访问或学术演讲；泰戈尔由衷地说："我们荣幸地和你们欢聚，作为你们的东道主，作为你们的兄弟和挚友。让我们常来常往，我邀请你们，一如你们邀请我。"

20世纪二三十年代，印度还是英国的殖民地，中国正进入艰苦卓绝的抗日战争，在这样的大时代中，蔡元培与泰戈尔的创举无异于是给沙尘暴的天气注入了源源不绝的新鲜空气，不仅催绿了文明的春光，且鲜活了生活的细节。

三

2016年8月30日，美籍华人、波士顿128华人科技企业协会创始会长张晓明，在《绍兴日报》上口述《蔡校长治学精神崇高而可贵》，说："蔡元培是我北大老校长……我进北大时距蔡元培先生逝世已有四十多年，学风依然极好，学生们崇尚'自由玩命'。所谓'玩命'就是学习非常刻苦，'自由'是指浑然不知疲倦，为了心中的责任，为了抱负和理想，在知识的大海里自由翱翔。"他还说："直到2011年，我带着我的团队和技术回到中国，出任浙江工业大学之江学院大数据研究中心主任……再次重温蔡元培其人其事，让我不免感叹蔡校长治学精神的崇高与可贵……曾经了解的蔡元培形象似乎变得更加真实丰满。"张晓明对蔡元培先生的独到解读，让人觉得：任何人，要想获得生命的璀璨，心中必须装有抱负、理想和责任，否则，纵然叶生果结，也是昙花一现，稍纵即逝。也就是说，我们在努力构建人生的大厦时，无论如何不能疏忘夯实地基，以免事倍功半甚至为山九仞功亏一篑。这个地基就是抱负、理想和责任。

的确，蔡元培先生是一座光焰皙皙、蕴藏丰富的宝山，吸引着难以计数的人们前去开掘，前去采撷。我亦有幸跻身此行列之中。

民国二十三年（1934），诸暨大旱，"井水均涸，浣江断流，田禾枯萎，秋稻无法下种。灾田19.8万亩，粮食减产2.6万吨，灾民达26万。"（《诸暨县志》）受灾人数几占当时诸暨总人数的一半。蔡元培得知后，当即致函浙江省政府、财政厅、建设厅，拟请拨款，实施修堤浚江，提倡以工代赈，使饥民以劳获食，安定民心。函录如下：

分致浙江省主席鲁涤平，财、建两厅长王澂莹、曾养甫函：

略谓："诸暨县下北乡东泌湖，为全属湖田最多之处，因江窄堤低，屡遭水患，是以历年夏初预防霉雨，早将湖水放干，以待耕种，今年循例办理；不意亢旱数月，阆湖之田龟裂，以致颗粒无收。查防霉放水，办法原属无聊，故二十一年间阆湖民众,曾拟具翻堤浚江计划,呈请贵府、财建两厅酌拨赈灾公债,俾兴筑堤堰,一劳永逸;因该项公债早已指定用途,未蒙批准。兹闻中央顾念保省旱灾,定发行巨额公债,以救灾黎;本省工赈事宜,亦正在苯筹办理中。该东泌湖灾情奇重,湖民饥寒逼迫,恐有意外变动,拟请拨巨款,俾得以工代赈,实行翻堤浚江之计划,不惟濒死灾民,免填沟壑,且从此数万亩难熟易荒之田,永成沃壤,其为利益,何可胜道。想执事视民如伤,必有以玉成之也。谨为函达,诸希裁酌施行,至为感荷。"(《蔡元培全集》第 13 卷 391—392 页)

收到了蔡元培先生的函后,浙江省政府很快核准了补助五万元……

细细诵读蔡元培先生致力诸暨治水的信函,我们从心底里感受到蔡先生垂注农田水利、国计民生的殷殷情、拳拳心。联想到于今,政府领导下开展得热火朝天的"五水共治",真是功在当代,利在千秋的大好事。

随着日历的一页页翻过,我搜集、阅读有关蔡先生的文章也与时俱增。一天,有朋友前来借阅有关蔡元培先生的报章杂志,我自是答应,可事后归还的却是"不慎遗失"的信息。这些报刊于我来说不啻是独份,过了这个村,就没那家店,而且还是新文化史上美得像诗一样的史迹。唉!至今想起,心里仍疼得紧!

仰望蔡元培先生的人很多,可我觉得自己对蔡元培先生尤甚。他是我精神世界中的一位导师,他那摒弃陈规旧俗、勇立潮头重在创新的思维如圣哲,似先知,可谓思接千载,心骛八极。如今,他虽然早已笼着两袖清风悠然而去,然仍赋予后人朝圣般的洗礼。

"叱咤之风镇海涛，指挥若定阵云高。虫沙猿鹤有时尽，正气觥觥不可淘。"这是蔡元培先生1930年写的一首七言绝句，虽是歌颂郑成功叱咤风云的军事才能和觥觥不可磨灭的民族气节，但也使人憬悟：我们中华民族惟有居安思危，发奋图强，励精图治，养吾浩然正气才能自立于世界民族之林。

因而，我仍然仰望世纪初的灿烂星斗，"北大之父"——蔡元培先生。

·越东女儿是天骄
——秋瑾

每到绍兴,总要前往秋瑾故居和畅堂,思绪亦会春草般劲长不息。然一旦提笔,又未免惴惴不安。盖因绍兴乃"历史文物之邦,名人荟萃之地",涌现的大文人多,传世的诗文也难以计数,哪轮得到我等上台言说呢!可老是闷在心里,又分明堵得紧,进退维谷中,权且一学阿Q,拍拍胸脯,道一声,写出来就是行。

我最早谒见和畅堂是1988年,秋瑾牺牲80周年纪念前夕。那是一座典型的明代建筑,坐北朝南,依山而筑;堂前正上方悬有"和畅堂"匾额,字体古朴遒劲,是近代山阴名画家李鸿梁的手迹。一见这匾额,我就感叹莫名;和畅、和畅,和畅在哪呢?秋瑾,作为一位杰出的民主革命家,从堂中那庄重静穆的黑漆大门走出,尽其一生也未领略到温和舒畅的滋味。1906年底,湖赣边界发动了武装起义,各地会党均相机响应。秋瑾应光复会领导人徐锡麟、陶成章之托，以柔嫩的双肩毅然担起主持浙江起义的重任，发出"好将十万头颅血，一洗腥膻祖国尘"的呼声。但随后，却被自己的同胞，为了三十个戈贝克将灵魂出卖给撒旦的绍兴士绅胡道南一记阴招掀翻，让敌人将屠刀架上她的脖颈。而她则凛凛然敞开心扉后，慷慨就义，用纯洁的血为中国妇女画出一条鲜明的路线来。

若是秋瑾只是个急兄仇的张飞式的人物，遇害也就遇害，人们道声可惜也就罢了。可她是一个女性，一个文才横溢的知识女性啊！你瞧她的相片，蓬松自然的黑发下，白玉般的脸庞，大眼睛，高鼻梁，薄嘴唇，英气逼人。生于官宦世家的她，"十一岁已会做诗，常常捧着杜少陵、辛稼轩等词集，吟哦不已"。稍长，即有"才女"之称。她所吟咏的诗词，多有敬仰爱国英杰和慷慨悲歌之士的作品："不观荆轲作秦客，图穷匕首见盈尺，殿前一击虽不中，已夺专制魔王魄。"（《宝刀歌》）豪气干云；而弘扬秦良玉、沈云英、梁红玉、花木兰等史传女杰的长诗《题〈芝龛记〉八章》尤道出了"吾侪得此添生色，始信英雄亦有雌"的铿锵心音。故陈去病称她和当时以"诗、文、书"三绝闻名京师的吴芝瑛"文采照耀，盛极一时，见者咸惊为珊瑚玉树之齐辉而并美也"（《鉴湖女侠秋瑾传》）。东渡扶桑后，投身时代潮流，寻求救国救民真理的她参与创办《白话报》杂志，不仅任主编，且以"鉴湖女侠"署名发表《说的好处》《敬告中国二万万妇女同胞》《警告我同胞》诸文。抨击腐败清廷，疾呼男女平等。自此"隆誉日起，留东学子，慕君者众，每大会集，辄邀君与俱。君亦负奇磊落，往会必抠衣登坛，多所陈说，其词淋漓悲壮，荡人心魄，与闻之者，鲜不感动愧赧而继之以泣也。"（《秋瑾史料》）蔡元培、鲁迅、章太炎、何香凝……诸后来震荡历史风云的文化精英与其情厚谊深。当时，她的才华实倾倒了一代人。邵元冲说："鉴湖女侠成仁取义，大义炳然，不必以文词鸣而自足以不朽。然即以文词而论，朗丽高亢，亦有渐离击筑之风。而一唱三叹，音节嘹亮。又若公孙大娘舞剑，光芒灿然，不可迫视。"（《秋瑾女侠遗集序》）她虽只活了33岁，但留存的二百余件作品却如女娲手中的五彩石修补着人们心灵的天空。我以为，她是该明白自己在文化上的含金量的，是该去字里行间谋求个中的价值的。可她似乎想都没有想过。面对天下汹汹，疮痍满目，豺狼当道，民无宁日，她甘愿掏出自己的心来照亮黑暗中的道路。她在一首《鹧鸪天》的词中说："祖国沉沦感不禁，闲来海外觅知音，金瓯已缺总须补，为国牺牲敢惜身，嗟险阻，叹飘零，关山万里作雄行，休言女子非英物，夜夜龙泉壁上鸣！"至此，我不由忆起了一件事，是关于周作人的。1905年，已由日本回国的秋瑾在上海爱国女校与蔡元培畅叙后来到南京。正在南京的周作人回忆道："乙巳年里，我在南京有一件很可纪念的事，因为见到一位历史上有名的人物，虽然当时一点都看不出来，她会能有那伟大的气魄，此人非别，即秋瑾是也。"事后，他又感慨至深，言"据当时印象，其一切行动亦悉如常人，未见有慷慨激昂之态。服装也只是日本女学生的普通装，和服夹衣，下著紫红的裙而已。"（《秋瑾》）一个曾经附逆却仍被宽容的人们收入中国文学史册的人，亦将见到秋瑾作为他人生中"一件很可纪念的事"，并记入日记中，秋瑾超尘拔俗的人格魅力可见一斑。

人们常说，女人是水做的。要是秋瑾的骨头真的似水般绵软，一被捕就跪倒在地，招供不迭，那么，历史老人也早就将她弃如敝屣。大千世界，芸芸众生，有百炼精钢就有锈铜烂铁，这不足为奇。而秋瑾，"身不得，男儿列，心却比，男儿烈"，在强敌面前站成了富贵不能淫，贫贱不能移，威武不能屈的巨人。她刚被捕时，敌人原以为一介女子，不费吹灰之力就可从她口中掏出所有秘密。因而，绍兴知府贵福亲自审讯时，就令秋瑾不必下跪，只要从实招来。可秋瑾却反问究竟犯有何罪？贵福问她身为女子，为何要带手枪？秋瑾却说，正因为是女子，才要携枪自卫。贵福问她和徐锡麟的关系。秋瑾陈述，"曾经相识，但此次皖变实不知情。余之所主张者，系男女革命，而非满汉革命。"（《秋瑾研究资料》）贵福又问其诗文"何故有革命之语？"秋瑾回答："此种思想亦人人有之。"（《秋瑾研究资料》）贵福要她供出同党。秋瑾却说："论说稿是我所做，日记笺折亦是我为，革命党之事不必多问。"贵福让她交待往来之人。秋瑾竟说："你也常到大通，并赠我'竞争世界，雄冠全球'的对联，同在大通学堂拍过照相。"噎得贵福有口难言。贵福图穷匕见，"迫令跪火炼、火砖"，秋瑾双目暴突，红丝乱转，几近气绝，然仍"坚不吐实"。"一时强弱在于力，千秋胜负在于理"。当一个人知晓理之所在，纵刀锯斧钺加身，父母兄弟泣前，此心亦不会动，此志亦不会移，而有血性的文化人尤甚。明末诗人张煌言武装反清二十年，被捕后，清廷反复劝降，待如上宾，他却嗤之以鼻，惟求一死而已。"察百姓之哀怨,悟沧桑之正道"的谭嗣同,在刽子手揭起铡刀的瞬间,仍慷慨陈词:"有心杀贼,无力回天,死得其所,快哉快哉。"1947年5月,南京发生了震惊中外的"五二〇"惨案,南京学联邀请马寅初去南京讲演,地下党决定派人护送他去南京,马老坚辞不从,留下遗嘱,只身前往。事后还不屑地说:"此行来回,均有两个特务'陪同'。"(《走近马寅初》)秋瑾也正是这样一位不同凡俗惟真理马首是瞻的知识女性。贵福见伎俩用尽仍无法使秋瑾易节,只好伪造口供,处决秋瑾。就义时,秋瑾昂首阔步行至轩亭口,从容不迫地说:"且住,容我一望,有无亲友来别我?"望毕,遂泰然吩咐:"可矣!"(《秋瑾冤死案》)据当时在现场目睹秋瑾遇难全过程的绍兴警察局巡官何寿萱和杜渊亭说,秋瑾"临死之时,面不改色"(《秋瑾研究资料》)。

若是秋瑾就这般步入牺牲者行列,那么,人们兴许还不一定如此久远地缅怀并研究她。她偏生在生命倒计时时挥毫写下了"秋雨秋风愁煞人"七个意味深长的大字。这于常人看来,觉得不可思议——我们纵观秋瑾的一生,虽是极短篇,然写得风生水起,壮怀激烈。她虽是名门闺秀,却尚侠好义,少女时就铭记"会稽乃报仇雪耻之乡,非藏污纳垢之地"(王思仁)。稍长,即取字竞雄,号鉴湖女侠,推崇汉代大侠郭解、朱家的为人。由父母包办,嫁给湘潭富商王家幼子王子芳后,她憎恶王家"晨昏定省,不能有一点儿失礼,偶有过失,动遭面斥"和三从四德、夫唱妇随的封建伦理道德,要与王子芳"开谈判离婚",这"革命当自家庭始"的做法可谓惊世骇俗。赴日不久,她就加入以恢复女权为宗旨的"共爱会"和秘密反清团体

"三合会"，在日湖南志士王时泽称："秋瑾站在革命方面，对于志在反清排满的爱国青年引为同志，滔滔雄辩，无话不谈；对于那些浮薄轻佻、专讲吃喝玩乐的纨绔子弟，则深恶痛绝，不相往来，有时还当面呵斥，毫不留情；对于那些顽固透顶、借留学为升官发财途径的人，她也最痛恨，自始至终口诛笔伐，面对面地展开斗争。"回国后，秋瑾致书王时泽表示誓死完成反清大业的决心："……且光复之事，不可一日缓，而男子之死于谋光复者，则自唐才常以后，若沈荩、史坚如、吴樾诸君子，不乏其人，而女子则无闻焉，亦吾女界之羞也。愿与诸君交勉之。"事实上，她确是言出行随，在主持浙江起义时，她亲自"将光复会会员编为十六级，以'黄祸源溯浙江潮，为我中原汉族豪，不使满胡留片甲，轩辕依旧是天骄'的七绝诗为标记，组成光复军的领导机构；将浙江各会党编为八军'光复军'，以'光复汉族，大振国权'八字作为标记；颁布了《普告同胞檄》和《光复军起义檄稿》，揭露清政府的专制统治，号召全国人民拿起武器，发动武装起义"（《秋瑾评传》），直至起义失败被捕，英勇就义，震古烁今。这是一个收束得豹尾般有力的结尾。然，这次第，怎一句"秋雨秋风愁煞人"可了结呢？！我以为，乍一看，此思此虑确实是有一定道理的，但之所以不解，是因为未细细聆味，只要我们细细聆味，个中缘由是可以大白的。鲁迅先生曾说："秋瑾姑娘很能干，有话当面说，语气很坚决，不转弯抹角，所以有不少人怕她。她爱唱歌，好合群，性格爽朗，而且善豪饮，讲话精辟，又热心公益，所以很多人喜欢和她接近。虽然秋瑾姑娘生得很秀气，但人品很高，所以都不敢在她面前讲浮话。"(《杭州大学学报》）再由上述，我们已可知秋瑾为人。所以，此时此际，她觉得，自己尽管在封建和反封建的搏击中经受磨难，在民族危难和救亡图存中经受洗礼，但说到底，是不足挂齿的，是对不起主持浙江起义这个要位的，是有负革命党人对自己的厚望的。因而，虽然死神已在向自己招手，然自己对壮志未酬的激愤，对革命失败的痛惜和对风雨飘摇的祖国未来命运的忧虑是务须告诉世人的。于是，千言万语凝成一句，那就是"秋雨秋风愁煞人"。这又是一种泰山崩于前而色不变的镇静。就像被捕前三天，她从报上知悉徐锡麟安庆事败的消息后，暂时走避他乡完全可能，但她却断然说"不！"她以为中国妇女还没有为革命流过血，就让自己来做流血的第一人。故当时她在给学生徐双韵的诗中"痛同胞之醉梦犹昏，悲祖国之陆沉谁挽；日暮穷途，徒下新亭之泪；残山剩水，谁招志士之魂？不需三尺孤坟，中国已无干净土；好持一杯鲁酒，他年共唱摆仑歌。虽死犹生，牺牲尽我责任；即此永别，风潮取彼头颅。壮志犹虚，雄心未满，中原回首肠堪断！"满纸是"义高便觉生堪舍"的铁血豪情。至此，我们理该明白，秋瑾此愁并非彼愁，而是为天下之愁而愁也！至于"秋雨秋风"之说，那仅仅是一种借用一种援引罢了。我们知道，清代陶澹人写有《秋暮遣怀》一诗，其中四句是"篱前黄菊未开花，寂寞清樽冷怀抱；秋雨秋风愁煞人，寒宵独坐心如捣。"在这里，秋瑾面对国势日衰、人心不古的现状，借用陶句来倾吐当时悲愤的心境和郁结于中的思绪，与时值盛夏并无关联。其实，这般事例在诗文创作中，乃是司空见惯、不胜枚举的。远在二三千年以前，我国第一部诗歌总集《诗经》中，古人就用"风雨凄凄，鸡鸣喈喈"之语来形容天下攘攘动荡不安。而后来诸如"蜀道之难难于上青天"（李白），"不尽长江滚滚来"（杜甫），"山重水复疑无路，柳暗花明又一村"（陆游），"不畏浮云遮望眼，只缘身在最高层"（王安石）……这许多寄托着作者对社会和人生所思所感的名作名句，悉数成为我们民族的精神财富，世代相传，为人们所援引所珍视……所以，诸多伟人、大家亦无不钦佩秋瑾的高风亮节，孙中山曾亲临杭州致祭，手书"巾帼英雄"横匾；周恩来称："秋瑾是一个新女性，自秋瑾带头打破三从四德这种封建束缚以来，社会风气为之一变，在反帝反封建的口号未喊出之时，她敢于仗剑而起，和黑暗势力斗争，真不愧为一先驱者。"郭沫若为中华书局汇编影印的《秋瑾史迹》一书作序，何香凝为中华书局出版的《秋瑾集》题写书名；上海古籍出版社又增补了《秋瑾集》……试看当今社会，有多少人在千方百计为自己施朱傅粉，有多少人在绞尽脑汁为自己文过饰非，而对背人之举却讳莫如深。而秋瑾却是通体晶明。她觉得作为革命党人，光明磊落才是本真，毋庸掩饰自己的愿望和探求，毋庸掩饰风云际会的欣喜和英雄失路的苍凉，毋庸掩饰侠骨峥嵘的自傲和风雨万变的忧虑。其实，当我们瞧她为之奋斗毕生的事业，瞧她以青春生命一洗女界之羞时，她无异于是万里长空中的霹雳，摄人心魄；而当我们再瞧她就义前的心语，更是剖开苍穹的电闪，光亮耀人，启人心智无垠。秋瑾是一个心胸坦荡如砥，"舍得一身剐，敢把皇帝拉下马"的人。

我在这三间四进的石库台门式建筑中，小心翼翼地徘徊，悄无声息地前行,生恐惊醒沉睡的古人。在第三、四进,即由其母、兄原来的住房辟成的秋瑾史迹陈列室里,我静静地瞻望,细细地体味,觉着有一股浩然之气在氤氲。虽然有人说,以时光为经史事为纬编织而成的历史永无再现的可能,留存于世间的遗物不过是化石而已。但我们仍能从打着岁月印记的诗文和浸润在遗物上的斑斑驳驳的痕迹中感受到当时秋瑾"拼将十万头颅血,须把乾坤力挽回"的侠骨丹心和令山清水碧唤月朗星明的一片赤忱。它足以使一些灵魂茫然和萦怀于鸡虫得失者知所愧怍而把脊梁挺起。我仿佛瞧见,当年秋瑾从这里出发,怀着大志向去东瀛,加入同盟会,结识孙中山、陶成章诸志士仁人;回上海,携手蔡元培、徐锡麟,成光复会要人;到杭州,联络浙江武备学堂驻杭新军;至诸暨、义乌、金华、兰溪等地,与会党头目共商革命大计;入绍兴,主持大通学堂发动武装反清……她奔东赴西,马不停蹄。我以为,她在不避锋镝燔火远驰时,是会想起赐予她奔放自由少女生活的和畅堂的,是会想起和畅堂的造主,以忠肝义胆忧时爱国流芳后世的万历翰林朱赓的;是会想起和畅堂名的源头、写出名动天下的《兰亭集序》的书圣王右军的。"天朗气清,惠风和畅",多么美好的语言,多么美好的愿景。它犹如一首深邃的诗,一曲清朗的歌,让有思想有见地的人滋生由衷的感动和感慨。秋瑾曾在给侄儿的信中一再畅叙对文史的挚爱,她多想流连在那个百花园中,但她不能,直到生命的最后一刻她还切记肩上的重任,仍在寻求人生的真谛。她毕生都在追求"和畅",追求"和畅"的根本——推翻专制王朝,缔造民主国度。然到最终依然是一个梦,依然是可望而不可即。这不能不说是死不瞑目的痛事。可正因这极致的痛，人们方以永远的心态来纪念她。要是她步上社会伊始就远离什么革命，就顾自过她的贵夫人生活，在钦慕和礼赞中丰盈自己的词章，滋养文学的天赋，那么，成为著名的报人或者作家，乃理在事中。苏曼殊、张爱玲不是至今尚存留在人们的记忆中么！要是她步入革命之后，调整航向，用笔取代刀枪，那么，纵然不能成为鲁迅、茅盾那样高蹈境界的大师级人物，成为一代文章大家应该不在话下。不是吗？只凭她已有的实绩，中国文学史之林就没有少了她。不过，秋瑾却不肯这样做，就像一个深谙临床医学的人偏生不去做医生，一个擅长体育竞技的人偏生不去做教练似的。她知晓自己更深一层的价值和更高一层的目标，可惜无法达到。一个人天生庸常那自无须多说；有一分力量放一分炮仗也未尝不可；最让人痛心的是有十分力量却只放了一分炮仗，甚至连一分也没有放响，这才让人仰天长叹，痛不欲生。造化弄人真是太无情了！你瞧，曹操文才超群，但人们只津津乐道他南征北战、平定北方的功勋。李世民武功盖世，仅率三千虎贲就杀得窦建德十万大军丢盔卸甲望风披靡，但后人只称颂他以文治国，称颂他名动天下的"贞观之治"。秋瑾本以文见长，却经略武事，事败后若只是慷慨就义，再无留言，那兴许亦会随着时光的流逝，渐渐淡出于历史的烟云之中。可她偏生说了掷地有声且余音绕梁的话语。她觉得，生命诚然可贵，但世上还有比生命更为宝贵的东西。想当年，厓山一役，陆秀夫兵败，他背驮着宋末代皇帝赵昺跳入大海，终结了徽宗、钦宗被敌掳为俘虏的悲剧。陆秀夫要是为元兵所杀，抑或兵败后乘乱远遁，以图东山再起，都难比驮帝跳海那样在历史的回音壁上留下振聋发聩的绝响。陆秀夫在面临生死抉择时选择了轰轰烈烈的死；秋瑾在即将名垂后世时仍不忘启开心灵之窗，他们的人生都如蜡烛一样，从顶燃到底，通体都是光明的……每每想到这，就不由心潮逐浪，热血沸腾。世界上难道还有比视民族大义和国之兴衰高于一切的情操、气节更令人感动和震撼吗？我以为，中华民族之所以能屹立千年而不倒，穿越千年而不衰，就因为每每在最黑暗、最困难、最无助、最让人万念俱灰的时候，每每在民族危若垒卵之际，就有忠肝义胆、铁血耿耿的儿女义无反顾地登上舍身成仁的凄壮祭坛，成为享祀千秋的殉道者，成为大写的人。

秋瑾——一个光耀古今的女中豪杰，一个大写的人。

·字里行间的怀念
——鲁迅

在历史的册页中,如何评价一个人的伟大,哲人亚瑟·叔本华有一则名言:要估定人的伟大,则精神上的大和体格上的大,那法则完全相反,后者,距离愈远即愈小,前者却见得愈大。我觉得,这话用在鲁迅先生身上,是十分恰切的。

今年(2020)9月25日,是鲁迅先生诞辰139周年纪念日。随着岁月的嬗递,鲁迅先生生活的那个时代,离我们是越来越远了,但他的精神之光,不仅没有消退,反而越来越璀璨。不是么,只要有他的作品在,有那些铁骨铮铮的文字在,有诸多纪念他的文章在,他的精神便会一代代地流传下去,这是理在事中的。不过,由于岁月的阻隔,人们要想像当年在现场一样,感受先生的呼吸,触摸先生的心跳,那可是大不易的事。

现在,许多青年人的心目中,鲁迅先生的形象就像古籍中的画像一样,已被固定化、平板化:须发直立,横眉怒目;笑不改容，凛若冰霜，可敬而不可爱。其实，这是以偏概全，貌合神离。俗话说："人不可貌相，海水不可斗量。"也是这个意思。所以，要透过表象，见识真章，是件煞费苦心的事。那么，我们应该怎样做才好呢？愚以为，品读先生的作品，从中了解他的精神世界固是重要，可通过当事人的记忆，由诸多记叙先生日常生活细节的文字中见识他的本象亦是一宗很有意思的事。生活中一些记录细小环节的镜头是可以映照出鲁迅先生的嬉、笑、怒、骂的，譬如：喜欢搞笑，妙趣横生；重情重义，至真至纯。

鲁迅在上海做自由撰稿人时，曾居住在闸北横浜路景云里一所三层楼的洋式弄堂房子里。他自己住二层的前楼。伏案写作时，总喜欢开着窗子。那时，常有人贪图方便，在夜深人静时溜到楼下墙角小便。鲁迅看不惯了，就用橡皮筋和纸团做成弹弓，朝着人家屁股就是"啪"地一下。当人家摸着屁股，龇牙咧嘴四处张望时，鲁迅却躲在屋内笑得连烟卷都拿不住。先生的调皮和淘气真令人忍俊不禁。

鲁迅十分喜爱甜点，早在日本留学时，他就爱上了一种像"豆沙糖"的茶点，回国后还托人从日本带回解馋。他最最爱吃的甜点是萨琪玛，见了这个，"就不要命了"。有一回，儿子海婴到书房玩，看见了萨琪玛，就问："爸爸，能吃吗？"鲁迅回答说："按理是可以的，但爸爸只有一个，吃了就没了，所以还是不要吃的好。"此时此际，你会觉得，一个可爱得令人捧腹的鲁迅先生来到了眼前，那么鲜活，那么讨喜，那么语吻必显。

萧红在《回忆鲁迅先生》一文中说了这样一件事："有一

天下午鲁迅先生正在校对瞿秋白的《海上述林》，我一走进卧室去，从那圆转椅上鲁迅先生转过来了，向着我，还微微站起了一点。

"好久不见，好久不见。'一边说着一边向我点头。

"刚刚我不是来过了吗？怎么会好久不见？就是上午我来的那次周先生忘记了，可是我也每天来呀……怎么都忘记了吗？

"周先生转身坐在躺椅上才自己笑起来，他是在开着玩笑。"……

你看你看，这就是日常生活中的鲁迅先生，一个满含智慧和天趣的人，在他的面前，即使是寒冬，你也会感到暖意。一个人，在大庭广众之间，他的言行兴许可以演戏，但在平时，随意的举止却全然来自内心，自然天成。

说到重情重义，至真至纯，有两件事是非说不可的。

一件是给素未谋面的山区小学教员撰写教泽碑文，而被毛泽东称为"不朽之文传不朽之人"的事。

1945年的秋天，陪都重庆迎来了国共和谈。毛泽东在桂园接见了一批在中苏文化协会工作的文化界人士。曹靖华、巴金、葛一虹等有识之士参加了这次接见。当毛泽东得知曹靖华是河南卢氏人时，就问曹靖华："豫西卢氏县有位曹植甫先生，一生献给山区教育事业，不知你可认识？"曹靖华欣喜交集，回答说："那是家父。"毛泽东点点头，微笑说："哦，这下清楚了，你就是曹植甫老先生的儿子……鲁迅曾专门为他写过教泽碑文，那真是不朽之文传不朽之人。"毛泽东在这里所说的"不朽之文"，就是鲁迅先生一生中所写的唯一一篇教泽碑文；"不朽之人"便是曹植甫先生。

曹植甫先生即曹培元,河南卢氏县五里川镇人,是豫西一带无出其右的扎根山区的教育名人。清同治八年(1869)出生。20岁时,曹植甫考中秀才,按他才学,本可扶摇直上,获取更高功名。但他鉴于时政腐败,家乡文化落后,遂决心抛弃仕途,为家乡教育事业尽力终生。因而从此开始一直到新中国成立的50年代,曹植甫一直努力在以家乡为核心的穷乡僻壤中,主持朱阳关分州义学,到汤河、马耳崖、五里川、千佛窑等地任教,许多村、镇都留有他教书育人的足迹,桃李遍及整个伏牛山区。有年冬日,雨雪纷飞,放学时曹植甫先生发现有个孩子脚步不稳,一摸脑袋才知已感冒发热,就打起伞搀着他走了十多里山路。敲开家门,大家都又惊又喜,原来孩子祖孙三代都是曹先生的学生。

随着岁月的流逝,时代的前进,曹植甫的思想也是与时俱进,自最初的孔孟之道到康梁维新,从辛亥革命到马列主义、毛泽东思想,不断更新,如上天梯,并时时以国家大事为己任。民国二十三年(1934)冬,国民党19路军第60师从开封调至五里川、朱阳关一带驻防,阻击中国工农红军第25军北上抗日。春节期间,师长陈沛从外地请来一个剧团,在朱阳关小学院内开联欢晚会,曹培元写了一副对联,贴在舞台明柱上:"舞台即是世界,世界便是舞台;演员在演大家,大家都是演员。"一天,陈沛请曹先生面叙。曹植甫直言不讳地说:"常言讲养兵千日,用兵一时。当今日寇侵华,步步逼近,国家兴亡,匹夫有责,贵军不在前线抗日,却来后方同室操戈,攻打红军,不知师长对此有何评论？"陈师长面红耳赤地说："军人以服从命令为天职，敝人是身不由己，旨意难违……"没等陈沛说完，曹植甫气愤地质问："那么天意、民意、世情、国情能违吗？岂不知水能载舟，亦能覆舟，民心更不可违。"曹老先生的直言相谏，使60师在驻防期间，反共活动大有收敛。

就这样，曹先生用自己的心血培育山区人民知书识字，摆脱愚昧和贫困；用自己的浩然之气，感化国民党军人从暗处走向光明。

民国二十三年（1934），曹老先生65岁寿辰。屈指算来，他扎根山区，执掌教鞭已有45个春秋。卢氏的诸多学子聚在一起，商议为先生树立教泽碑，以表感念。当然，按照惯例，为这样一位德高望重的老先生树碑，必须由文坛俊彦执笔。大家讨论来讨论去，觉得曹老先生的儿子，在北平大学执教的曹靖华是最佳人选。

曹靖华收到来信，虽然十分感谢家乡父老兄弟的真挚情谊，但又认为由自己撰写碑文替父亲宣传是很不适宜的，深思之下，遂想到良师益友、曾为自己翻译的《苏联作家七人集》作序的鲁迅先生。于是，曹靖华代表家乡学子给鲁迅先生写了封信，恳请鲁迅先生撰写碑文，随信还附上了一份有关父亲在山区任教的具体事迹。

鲁迅先生不仅是伟大的文学家、思想家，也是伟大的教育家。他自日本留学回国，到1927年定居上海，整整18年从事教育工作。他不但自己尊师重教，还特别关心儿童和青少年的成长。看完信后，鲁迅先生深深被曹植甫先生为山区教育事业不遗余力奉献终生的精神所感动，遂抱病答应撰写碑文。一星期后，一篇倾注着鲁迅先生殷殷情拳拳心的《河南卢氏曹先生教泽碑文》遂来到了曹靖华的手中。碑文热情褒扬曹老先生"幼承义方，长怀大愿，秉性宽厚，立行贞明，躬居山曲，设校授徒，专心一志，启迪后进，或有未谛，循循诱之，历久不渝，惠流遐迩，又不泥古，为学日新，作时世之前驱，与童冠而俱迈，爰使旧乡丕变，日见昭明，君子自强，永无意必，而韬光里巷，处之怡然，此岂轻才小慧之徒之所能至哉……"真是感人至深。1935年6月，《细流》杂志刊登了《河南卢氏曹先生教泽碑文》；是年底，鲁迅先生将此文收入《且介亭杂文》中。

树碑工作有条不紊地进行着。

村民们从外地精心挑选来的碑石运到了！曹靖华寄来的碑文也收到了！当大家看到碑文竟是尽人皆知的鲁迅先生写的，真比得了宝贝还高兴。

心花怒放的人们忙不迭将碑文送给曹老先生，只等他一过目，就立马动工。

也是天有不测风云，事有旦夕变化。曹老先生读罢碑文，激动莫名。他称赞文章写得好，鲁迅先生真不愧是当代文豪，对教育也颇有真知灼见，对老师也非常体贴。但他又认为，这篇文章专指自己，却实愧不敢当。他强调，鲁迅先生讲的这些赞誉的话，倒真应该成为自己的座右铭，终身服膺，件件做到，恕不辜负他的雅誉……说完心里话，曹植甫就小心翼翼地把那篇碑文收好，藏入自己书箱，留作纪念。这时，有个素知曹先生俭约个性的学子再次恳请他答应树碑，说免得空置了这块质地优良的碑石。曹老先生笑了。他让村民抬起碑石跟在他的后面,一走二转,来到村中的水井边放下,将碑石用作村民取水时需要的垫脚石。曹老先生语重情长地说:"我是一个小人物,没有资格在活着的时候接受你们立碑赞扬,我碌碌大半生,教书生涯,维恭维谨,力求不误人子弟,但没做出多大贡献,当不起立记功碑。若树碑于道,不啻惑人耳目,亦迹近招摇,将使我无容身之地。现在碑石远道运来,正好作个井台石,为邻舍汲水之用,我也就心安理得了。"他还要大家将树碑祝寿所筹资金如数用于学校建设,不留分毫。

曹老先生早在人们提议为他树碑时就表示反对,这下又以实际行动作出阐释,大家再也没辙了。

此后,曹老先生历经抗日战争、解放战争直到新中国成立,他都执着教育,忘我工作,做了难以计数有益于家乡有益于国家的事情。1954年,他当选为河南省第一届人民代表大会特邀代表,在人生之路上又写下了辉煌一页。直到80多岁,他耳聋眼花身衰体弱才迫不得已停止教书。1958年,曹老先生与世长辞。1986年,为感念他毕生致力于山区文化教育事业,且硕果累累,当地政府为曹植甫老先生建立了尊师亭,镌刻有鲁迅先生撰写的曹植甫先生教泽碑文的石碑终于在卢氏县五里川中学校园内树立。伟人毛泽东颂扬的"不朽之文"和"不朽之人"永远铭记在人们心里。

这一教泽碑文,恢宏得若汉代的诗赋,洋洋如江河流动,灿灿如朝日朗照。读着读着,你会觉得一股深蕴着真挚、浓烈情感的浩气由字里行间溢出,于是,就有了通心的感知,有了轰鸣的交响。

再一件是鲁迅先生和保姆的故事。

1929年，海婴出生了，经过同乡介绍，鲁迅从浙江上虞请来了女工王阿花照顾海婴。王阿花做事干脆利落，对海婴照顾细致周到，鲁迅先生很是满意。在闲聊中，鲁迅夫妇才知她是被丈夫虐待、毒打，像祥林嫂一样，将被出卖给别人，才逃出来做保姆的，不久，王阿花的行踪被她丈夫探知，做丈夫的就邀了几个流氓，从乡下追到上海，守候在鲁迅家门附近，伺机抢回。王阿花整天心惊胆战，一听见敲门声就往楼上躲。鲁迅见状，一面安慰，一面挺身而出，仗义执言。对方慑于鲁迅威严，觉得上海不比乡下，可以乱来，只得离开，但仍放言要打官司。鲁迅为彻底摆平此事，特地请了律师商量解决方案，并找上王阿花家乡的一位士绅，从中进行调解。因王阿花坚决不肯回家，情愿解除婚姻。王阿花丈夫便提出赎身费的要求。最后双方议定，由鲁迅"代女工王阿花付赎身钱百五十元"。从此，王阿花摆脱了奴隶般的枷锁，获得了自由身。

此事就像暗夜中一束凝固的火花，让人瞧清了先生真是个性情中人，他多么看重亲友，哪怕是生活在底层的佣人。不过，就像有晴空丽日亦有风刀霜剑那样，有难以计数的人敬慕鲁迅，亦有存心不良的人刀斧加身。

1966年初，台北《传记文学》刊发了苏雪林写的《鲁迅传论》一文（后收入《我论鲁迅》一书），大骂鲁迅说：鲁迅的人格，是渺小，渺小，第三个渺小；鲁迅的性情，是凶恶，凶恶，第三个凶恶；鲁迅的行为，是卑劣，卑劣，第三个卑劣。更以一言括之，是个连起码的"人"的资格都够不着的角色。就连鲁迅对贫困的青年作家（如萧军、萧红、叶紫等）的经济援手也被骂成是小恩小惠，笼络人心。

人们知道，早在20世纪30年代，苏雪林就因政见不同，撰文攻击过左翼作家，且有反共言论。左翼作家自然将她列入"落水狗"予以痛打。这次，她为迎合当时"反攻大陆"的政治需要，又死灰复燃，重走回头路。这下，连远在香港声誉颇隆的浪漫派小说家徐訏也觉得太过分了。他搁下正在创作的稿子，写下了《鲁迅先生的墨宝与良言》一文（收入《场边文学》一书），以自己的切身体会，批驳了苏雪林的荒谬言论。文中说：我不敢高攀鲁迅先生，既不会说"我的朋友……"也挨不上做他的学生，更不是他的亲密战友。我只是一个相信鲁迅先生是有文学天才与有文学修养的人。我敬佩他的天才也因而不相信他是圣人；天才的性格都有偏僻之缺点，鲁迅亦自难免。还说：鲁迅不是我的偶像……但他是我所敬佩的作家……我对于鲁迅的印象是他对人的慷慨和没有架子。对于"印象"，徐訏说：一是直接印象，即在他结婚前，曾向鲁迅求字。鲁迅很爽快地给他写了两幅。而他当时刚刚大学毕业，仅仅是《论语》的一名小编辑，除了曾经约稿外，他和鲁迅毫无私人交往。二是间接印象，即是众所周知的鲁迅对贫苦青年作家特别是由东北流亡关内的青年作家的慷慨帮助与支援。因此，徐訏一针见血地点名道姓批评苏雪林，说她发在台北《传记文学》上写鲁迅的文章太过刻薄阴损，特别是关于鲁迅在金钱上小气一节，与事实完全相反，在前辈的文化界名人中，能慷慨帮助青年的作家与教育界人士的，无人能与鲁迅相比。许多从内地及从东北来的流亡年轻作家，求鲁迅帮助的，总没有失望过。而鼎鼎大名的衮衮诸公比鲁迅富有的则往往一毛不拔。有人说这是鲁迅以小惠笼络青年的手段，但事实是鲁迅对于弱者贫者的确有更多同情心。徐訏还义正词严地指出：许多过分刻薄的批评可以使任何善举都成为丑恶。

徐訏对苏雪林的批驳有依有据，合情合理，不仅替鲁迅正了名，而且使苏雪林那些信口开河的谩骂成了抽打自己脸孔的巴掌。袁良骏先生亦在《徐訏缘何为鲁迅鸣不平》一文中由衷地说："对于弱者贫者尽力帮忙的鲁迅，比那些较鲁迅富有多多而往往一毛不拔的衮衮诸公，其慈心善意真不知要高出多少倍了。"离开尘世的鲁迅先生，生后的掌声依然没有停止。

因了苏雪林无厘头的谩骂、心怀叵测的攻讦，我不由想到了鲁迅先生的先见之明。他在《忆韦素园君》中说："文人的遭殃，不在身前的被攻击和被冷落，一瞑之后，言行两亡，于是无聊之徒，谬托知己，是非蜂起，既以自炫，又以卖钱，连死尸也成了他们的沽名获利之具，这倒是值得悲哀的。"当然，明眼的后来人对是非恩怨自是洞若观火，先生是无须有悲哀的。

陈独秀说："世之毁誉过当者，莫如对鲁迅先生。"意思是说，攻击鲁迅者，将他说成尖酸、刻薄、冷酷、窄心，说他的作品毒气汹涌，鬼气森森；吹捧鲁迅者，则将他捧上了天，奉作了神，如此种种，都不足为凭。这就需要我们一丝不苟地、实事求是地，从先生洋洋一千五百万字的皇皇巨作中，从先生的亲朋好友和当事人的众多记叙文章中，读懂他在现实与过去、未来的反复激荡中呈现的精神隐秘。既要洞明他的恨，也要洞明他的爱；既要洞明他的"彷徨"和苦闷，也要洞明他的"呐喊"和呼声；既要洞明他的个性主义，也要洞明他追求真理的赤子之心。此外，我们还应不仅在意先生说了什么，更要在意他没有说什么。那些未被说出的人与历史、思想与现实的求索，也许有尤为深邃的东西。唯有这样，我们才能知晓一个真实的鲁迅，一个像神话中的普罗米修斯，在中国人民的心灵里播撒火种的鲁迅；才能知晓，美国著名记者埃德加斯诺·史沫特莱等在20世纪二三十年代，便不遗余力地将鲁迅绍介给欧美国家，作品被翻译成50多种文字的缘由；才能知晓，在中国的现代作家中，日本翻译作品最多的作家当属鲁迅，诺贝尔文学奖获得者、大江健三郎说自己"一生的写作就是为了向这个人致敬，就是为了靠近他"的奥秘；才能知晓，伟人毛泽东用开天辟地的目光，用如椽之笔说"鲁迅是中国文化革命的主将，他不但是伟大的文学家，而且是伟大的思想家和伟大的革命家。鲁迅的骨头是最硬的……鲁迅的方向，就是中华民族新文化的方向"的伟大意义。

·忧忡为国痛断肠
——马寅初

一

由"浓妆淡抹总相宜"的西子湖畔驱车南行,不过一个半小时,就可直达嵊州市浦口镇。清光绪八年(1882),农历壬午年五月初九日午时,天生"五马齐全"(马姓,生辰按干支纪时为马年、马月、马日、马时)"贵人之命"的马寅初在此降生。

嵊州,位于浙江省东部,隶属绍兴市,似练剡溪横贯于中。嵊州古称剡县,北宋年间改名嵊县,1995年撤县设市定名嵊州。嵊州历史悠久,有文记载,早在上古时期,帝王舜就来过这里,故有"舜皇山""舜井"等地名;大禹治水"毕功于了溪","了溪"即今禹溪;秦汉时期正式置县。魏晋南北朝,书圣王羲之、雕圣戴逵等慕剡秀山丽水,来剡隐居,至今尚有戴安道宅、羲之坪、王羲之墓诸多遗迹;艇湖山下本有子猷桥,"乘兴而来,兴尽而回"的成语就出于"王子猷雪夜访戴"的典故;"山水诗派"的开创祖师谢灵运出生于始宁县,县治即今三界镇;唐李白、杜甫、孟浩然、王十朋……三百余位诗人畅游过剡溪,留下了不知凡几的咏剡绝唱;嵊人姚宽乃宋著名史学家、科学家,所著的《西溪丛语》《玉玺书》系中国思想史上举足轻重的文选……这深厚的历史积淀,丰饶的文化底蕴,对生于斯长于斯的马寅初来说可谓是一种最为丰厚的营养素。

然而,嵊州人最闻名遐迩且让人刮目相看的则是"嵊俗尚刚决,视死鸿毛轻"的秉性。清乾隆六十年,在嵊任县令的周镐,离任时就发过这样的感叹。嵊州地属浙东丘陵,四明、天台、会稽……诸山环拱。置身"七山一水二分田"地理环境中的嵊州子民,世世代代与天奋斗,与地奋斗,与人奋斗,养成了这股血性,只要遇上祸国殃民的事情,无论他位有多高,权有多重,都会挺身而出,与其拼个你死我活。在时光的长河中,凸显"舍得一身剐,敢把皇帝拉下马"的刚烈耿直脾性的嵊籍英豪史不绝书:唐裘甫揭竿起义,应者如云,遭朝廷重兵围剿,至死面不改色;北宋仇道人响应方腊起义,血染疆场仍手握战刀双目圆睁;辛亥义士王金发抗击清廷、劫富济贫、暗杀叛徒,令奸商巨贾、土豪劣绅闻之丧胆;而在现代,涌动着这腔热血的学者则非马寅初莫属。

抗日战争时期,中华民族到了最危险的时候,面对官僚买办资产阶级的倒行逆施,马寅初义愤填膺。他在国民党训练高级将领的陆军大学作慷慨激昂的演讲,说:有一种"上上等人",依靠他们的权势,利用国家经济机密,从事外汇投机,大发超级国难财,这种猪狗不如的"上上等人"就是孔祥熙和宋子文。他振臂疾呼,一定要搞一次战时资本捐或临时财产税,要把孔、宋撤职,把他们的不义家财拿出来充作抗日经费……真是"怒剑初出,山河失色"。惊恐不安的国民党当局诱以高官厚禄,他不屑一顾;暴力恫吓,他嗤之以鼻;将他关入息烽集中营一个连身体都立不直的牢房,他依然不肯低下高昂的头。气得蒋介石破口大骂他是"嵊县强盗"。得悉这话的马寅初坦荡荡说:"他说我是'嵊县强盗',只对了一半,我不是'强盗',是'强道',我就是要顽强地道出他们祸国殃民的行径!"

富贵不能淫,威武不能屈!马老寅初,好一个出类拔萃的"嵊县强道"!

二

马寅初,原名元善,字尹初,自幼聪明伶俐,可又游兴重,特顽皮。望子成龙的父亲打听得离浦口一箭之遥的下新建村有家颇有名望的私塾,便命他前去就读。

塾师俞桂轩是个学问渊博爱国爱乡的老先生,荡荡然有长者风,儒儒地有文人气。他瞧见马寅初虎头虎脑一副明慧模样自然十分中意,对他的教育也就分外尽心。"三更灯火五更鸡,正是男儿读书时",未几,马寅初便通晓了《大学》《中庸》《论语》《孟子》……进展日新月异。俞桂轩见成长中的马寅初如此勤奋，心乃大悦，不仅关怀怜爱有加，还将自己擅长的隶、楷书法艺术倾囊相授，课余又殷殷讲述岳飞、海瑞、于谦、文天祥诸名臣良将的故事，滋润、洗礼马寅初幼小的心灵。月晕而风，础润而雨。从此，读书报国的心愿遂与日俱增地安营扎寨在马老心房纵深。

我常常想，伯乐识千里马源于历史典故，真实性如何，从无考证，然在逼仄的人生路上开始跋涉的马寅初能在茫茫人海里遇上卓尔不群的俞老先生，不知是命定的机缘抑或是上苍的旨意？！

时光似飞，转眼间，马寅初已迈入了17岁的门槛。马父见他已出落得仪表非凡，便要他留在酒坊中学习记账。对马父来说，多一个人手就少一份开销，少一份开销就多一笔进项！可马寅初哪里肯依。坚信"棒头出孝子"的马父就来了一折全武行！热血贲张的马寅初眼见夙愿难偿，竟然一咬牙纵身投入门前一泻千里的江水之中，"宁死不屈"！多亏船工相救，才捡回一命。后经爱子心切的慈母的多方斡旋，马老终得求学上海，就读天津，留学美国。荣获哥伦比亚大学经济学博士学位，在人生之路上书写了浓墨重彩的一页。

马寅初"出山"了！哥伦比亚大学盛情邀请他留校任教。可是，赴美留学前夕，俞老先生要他"学成之后回国效劳，即使当了大官也不能忘了家乡，忘了父母"的嘱咐却似一双温柔的手，招引着他远涉重洋，毅然回归龙的家园。及至回到老家，他仍是一袭半新不旧的竹布长衫，腰间束条兰花布带，脚穿黑布鞋。洋博士穿得如此寒酸，兄嫂担心有失体面。马老却笑着说："回家就该穿家乡服，我最讨厌外出几天就穿洋服、打官腔……"

我时时思忖，马老为人之所以不愿用物质替自己筑起一个樊笼；之所以"直干终为栋，真刚不作钩"；之所以"树高千丈，叶落归根"；马老留下的"百年树人""碎身粉骨不必怕，只留清白在人间"，"权然后知轻重，学然后知不足"诸多墨宝之所以严谨有致、纯正不曲，俞老先生应是功不可没。

三

自美回国的马寅初不图名利，专心治学。他公开宣称"一不做官，二不发财"，决心寻求"富国强民"之道，致力祖国的经济和教育事业。阅读他的文章，你会发现字里行间满是振聋发聩的话语，切中时弊的真知，标新立异的灼见，给人以醍醐灌顶之感。

若欲求生产之发达，则贪婪跋扈之武人，在所必去，断无与劳动者并存之理。苟武力能除，则生产与储蓄之障碍已去，而劳动者，自有从容从事之机缘。吾故曰：中国之希望，在于劳动者……（《中国之希望在于劳动者》）——**一语破的，切中事理。**

我国自辛亥改革以来，乃有三滥：1.滥借内外债；2.滥铸铜元与辅币；3.滥发纸币。三滥之根本原因，实系军阀之祸。使军阀不去，财政无整理之望，金融无旺盛之期……（《我国经济界之三滥》）——**头头是道，无可置疑。**

利用外资的三种方式，即："（一）借款于中国政府，外人仅居债主地位（Bondholder）；（二）外人与中国政府合办各项事业，可居股东地位(Shareholder)；（三）特许或称租让(Concession)，外人在中国法律范围内，可自由使用其资本与技术，期满后产权须无偿地交还中国……"（《中国经济改造》）—— **时至今日，犹可借鉴。**

作为经济学家、教育家、人口学家的马寅初著作等身：《马寅初演讲集》《马寅初经济论文集》《中国经济改造》《经济学概论》《通货新论》《战时经济论文选》……可谓当行出色。

四

早春的浦口温润如玉，我们迎着满天朝霞来到这水木清华之地。

浦口镇地处嵊州市东部，面临剡溪，黄泽江汇流于此。旧时，人们称水边为浦，故有浦口之名。早在北魏，郦道元的《水经注》对此地就有"浦时有六里，有五百家，并夹浦居，列门向水，甚有良田"的记载。清时浦口商业渐兴，至咸丰后，随着"五马（绍兴小皋埠马氏五人）入剡"，茂记、钰记、树记、垦记、文记五大酒坊的先后问世，浦口遂成了热火朝天的繁华码头，店家门庭若市，江中船桅林立。而马寅初的父亲马棣生即是"树记"酒坊的主人。

步入浦口千百年的逼仄老街，只觉凉风习习，四围静静，几乎不闻市声。想到风云的变幻、小镇的古今，"念天地之悠悠"

的情愫自然而生。

　　由马父建于清光绪年间的马老故居面街,黛瓦粉墙,典型的江南民居建筑使我尝到了一份久违的亲切。跨进门去,便见一马寅初半身铜像,浑圆的脸,高阔的额门,一种刚烈、沉毅的血性在眉宇间洋溢。我敬佩马老,也钦佩这位铜像的雕塑者,他活灵活现地再现了一代人杰,让后人如见马老其人。往里行,有彭珮云纪念马寅初先生诞辰120周年的题词:"实事求是治学、刚正不阿做人。"随后是一偌大天井,匀称的鹅卵石镶铺成典雅的图案;静谧中,几株铁树仿佛铁质耿耿的沉思者,以不凋的苍翠,显示它的风韵和刚毅。

　　砖木结构的马老故居有房18间,分前后三进,上下两层。与众不同的是楼板下多有承重圆木,据说旧时浦口溪水时有泛滥,酒坊常需将所酿之酒贮于楼上,故需分外结实。故居的一楼,陈设重在原汁原味,"客堂""厨房""马寅初儿时卧室""酒坊用具"无不如昔;二进西首王太夫人的房间特别引人注目,房间内,被岁月的韶光洗刷得斑毕剥落的雕花眠床、梳头桌椅似在默默地诉说一代人杰马老出生在这里的情景。马老事母至孝,38岁那年,王太夫人逝世,哀痛欲绝的马老不仅亲自回乡料理一应丧葬事宜,还专门叮嘱将母亲生养他的那个房间恢复原貌。此后,每逢三月清明,马老总是抛忙回乡缅怀慈母养育之恩。他80岁那年回乡,依然不忘入房默哀。当生活了一个世纪之多的马老叶落归根时,他的子女亦遵他之嘱,将他的部分骨灰葬在母亲墓侧,陪伴母亲直至永恒。

　　楼下后进置有绍介马老高风亮节的"风节园",品读之际,陪同的友人又补叙了一则传诵在马老家乡的佳话。那是1927年7月,马老的大哥马孟希和浦口镇上的周家为争买一块地皮,闹得真刀相见。咽不下这口气的马孟希修书给马老,诉周家无理,要时任浙江省政府委员的马老出面干预。马老得悉后,不仅没有仗势欺人,而且要他大哥马孟希无条件地将地皮让给周家,官司也不准打。周家深为马老宽宏大量不徇私情的精神所感动,向马家真诚道谢,周、马两家从此和好如初……至此我不由联想到,马老讲究谦让,实质上就是讲究文明,做人讲文明,道德居其先。孔子在《论语·学而》篇所倡导的"夫子温、良、恭、俭、让"之"五德",就是中华民族和为贵、礼为先、让为贤的优良传统的精髓。古往今来,多少有识之士无不将其作为立身处世之本。所以,马老的故事不仅像"六尺巷""孟母三迁""千金买宝、万金买邻"等佳话一样受人赞扬,而且更让人感动。细细聆味马老的高风亮节,顿感有一股浩然正气在与天井衔接的三进院落中回旋、荡漾,它足以净化灵魂迷茫和意志懦弱者,使我们这些性格多少有些患得患失的后人知愧怍而挺直脊梁。

沿扶梯上至二楼,可见回廊相通,即民间所谓"走马楼"式样。展柜内,陈列着马老儿时的一些手迹,还有装帧精美的《马寅初全集》……壁间,诗、词、画、联、影美不胜收。最引人注目的是伟人的题词:宋庆龄的"中华民族难得的瑰宝",周恩来的"马寅初是我国难得的经济学大家,也是一位经得起考验的爱国主义者",陈云的"坚持真理,严谨治学"。这些熠熠闪光的题词和名家书写的"高风亮节,光照后人","宁作玉碎,不为瓦全","智慧卓越"……众多条幅概括了马老的处世为人,也道出了马老的人品文品。马老一生操履高洁，才华盖世，"在旧社会不畏强暴，敢怒敢言，爱国一片赤子之心，深受同仁敬重"；"为新中国严谨治学，实事求是，坚持真理不屈不挠，堪为晚辈楷模"。他的中国不仅要控制人口的数量，而且要提高人口质量的"新人口论"，他的哲学思想和经济理论，经受了时代的验证，显示了强大的生命力，迸发出济世救人的璀璨光芒……

从马老故居出来，已近中午时分，太阳的手轻轻地抚过我的头顶。我的思绪仿佛如茧抽丝绵绵不绝。山，到达一定高度已不仅仅是一座山；人，进入一定境界已不单单是一个人。马老逝世已经三十来年，可他还"活"着。他的高远的思考和纯粹的人格依然影响着我们，在我们的心里依然那样生动、鲜活。人们对他依然追思无限。这中间有文人、学子，有军人、艺术家，有中央要员、地方官员……在马老的故乡，山灵水秀的嵊州，马寅初中学、马寅初纪念馆和马寅初故居（全国重点文物保护单位）鳞次栉比；嵊州政协专门编写了《马寅初在故乡》，珍贵的书法手迹、罕见的照片、动人的故事，更给人们提供了前所未有的缅怀的土壤、前行的动力和精神的营养。在大千世界中，传承了"仰不愧于天，俯不怍于人"的高贵文脉，坚持了多么睿智的真理的马老永远是一座高山，值得我们抬起眉眼肃然仰望，值得我们终生引为人生典范。

·花开正满枝
——马一浮

尝读《桐庐负暄》，丰子恺记写马一浮先生的文字："与马先生谈话，如同呼吸了一次新鲜空气，可以继续数天的清醒与健康。""无论什么问题，关于世间的或出世的，马先生都有最高远最原本的见解。他引证古人的话，无论什么书，都能背诵出原文来"。联想到弘一法师"马先生是生而知之的"赞语，我就不惜"足蒸暑土气，背灼炎天光"，前往图书馆，捧得《马一浮》（刘乐恒著，陕西师范大学出版总社版）归。尽管面临的并非是轻省的消遣，而是一条陌生的路，一条由错综复杂的人生、深邃精微的思想浇筑而成的路。

著作者是研究宋明理学、现代新儒学的学者。他在文字中从容行走，注重的是历史，是思想的表达，而不是文学的渲写和夸饰。对于一位学贯中西的现代思想家、诗人，一位新儒家的代表人物，作者从精神世界的解剖入手来展现其身心的肌理和质感，显现历史的人性和体温，实在是一种受人喜欢的手法。

20世纪，对中华民族来言，是个由山河破碎走向旭日东升的时代，难以计数的实业家、科学家、军事家、政治家在"海阔凭鱼跃、天高任鸟飞"的天地中大显身手。唯独纯粹意义上的思想界，难有这般机遇。于是，马一浮等只能在岑寂中踽踽前行。

我们知道，作为思想家的人格特征，首要是独创性和因此接踵而至的超前性，所以，他们并不十分在意现实能赐予他们什么，他们一旦抱定对人类的绝对本质和人生的终极价值作出求索的宗旨，就会顿生"宁愿不要万贯家财，也要弄清思想"的顽强意志。这样的人，不惜用自己的生命来实践信念，不惜用毕生的精力和悲悯来拥抱苦难，从而将灵魂升华成精神的文本。

正因于此，我们发现，思想家的精神和情感，其强、深之度都非常人所能比拟和理解。比如，军事家兴许在改变社会势力的强弱上要比思想家厉害，但他的视野只涉及眼前的世界，只着眼于一时一事的胜负成败。实业家的智能、知识和目光比常人不知要强多少倍，他们能在茫茫红尘中将视之无形、思之有物的"时机"一把抓住，从而化为沉甸甸的物质财富，但也仅此而已，不可能有精神上的叱咤风云。

王阳明成为思想家的魅力在于精神上的强大，不但烈风雷雨弗迷，而且不会因外部世界的不同声音而改变自己。他们会用生命感受、生活经验、知识结构、理性认识去甄别，取其精华、丰盈自己，促使自己拥有用之不竭的能量源，不断地扩散涟漪。

"圣人之道，吾性自足"（王阳明语），说的就是谁都没有权力支配谁，只有一个人有权力，那就是我自己，只有"我"才能成为自己的主人。

马一浮就是把"我"作为自己的主人的。他曾沉浸于儒、佛、道间，探求过西方的艺文、哲学，也受到过社会主义思想和革命风潮的影响，但当他在儒学的新天地中找到了自己安身立命之所，那些五光十色的曾经影响过他内心世界的见识、学问，就成为他创立的新儒学思想体系的养料。于是一个令人耳目一新的新儒学思想体系就似一个生机盎然的生命，在马一浮身上诞生。它是有目共睹的存在。虽然有点索寞，有点伶俜，可那身姿是伟岸的。

我于新儒学觉着陌生。我甚至怀疑过在改革开放的今天，新儒学是否还存有曾经的魅力。在《马一浮》这本书中，作者对马一浮从源于传统到"专治西学"，再"返归传统"，并向上推进，而直达学问之大原、义理之大本的详尽叙述，于我来说，应该是获益匪浅的，虽然我对这种理念不敢全然苟同，但对他在试图以此解决现代社会意义迷失的危机，安顿人们的身心性命中显现的人格魅力和治学精神则是抬起眉眼仰望不止的。

马一浮对创建新儒学有圣徒般的虔诚。他在 1927 年 45 岁时给学友金香岩的信里，讲到自己弃佛道而研儒学的打算和决心时说："洛闽诸儒所以游意既久，终乃求之六经。浮年来于此事已不絓唇吻。其书亦久束阁。尚欲以有生之年，专研六艺。拾先圣之坠绪，答师友之深期。虽劫火洞然，不敢自阻矣。"他还在自著的《尔雅台答问》中说："吾昔好玄言，深探义海，归而求之（六经），乃知践形尽性在此而不在彼。"正因有这样的彻悟和自信，有这样的执着和坚毅，他才能在"博通诸子，精研老庄，深探义海，妙悟禅宗，返求六经"的治学路上拔得头筹，才能将"为往圣继绝学，为万世开太平"作为一生使命。"岁寒，然后知松柏之后凋也"，涌动在历代鸿儒胸中的这股浩然之气，也磅礴在马一浮的心中。

马一浮自确立自己的思想体系伊始，就将阐发宣扬这一思想纳入重要的行动日程。因而，与思想相左的其他学者的争论也时有发生，不过，这仅是学术问题的争辩，并非人身攻击。马一浮和熊十力、梁漱溟可谓知交，但思想的渊源不尽相同，故之间没少争论，但争论愈烈，情谊愈深，在新中国成立后，仍亲如兄弟一样。我以为，五四时期，于思想家来说，是一个春风浩荡的时期，每一位思想家都可以在相等的话语平台上进行思想碰撞，接受精神灌注，在扬弃中筑基开新，成就中华民族最深邃的精神追求。

置身于这样一个时期，马一浮的抱负、志趣、人格得到了淋漓尽致的呈现。

让人敬佩的是，当人格尊严受到挑战，理想抱负遭遇遏阻时，马一浮却无丝毫消沉气馁，仍然从容不迫走自己的路。对此，这本书里有不少叙述，让我们知晓纵然在沧海横流烽火连天的岁月，马一浮仍处变不惊，孜孜不倦地弘扬自己的思想，只要有一线生机，他就显现自我，且一丝不苟乐此不疲。

1938年8月起，马一浮流寓桂林、宜山。他在为浙江大学师生讲授国学之余，与好友熊十力、张立民、刘百闵等鸿雁传书酝酿筹办儒家书院事宜。蒋介石的秘书陈布雷和教育部长陈立夫得悉此事，告知蒋介石，蒋介石表示自己可列为书院的创议人，教育部将每月补助经费，后专门派车接马一浮去重庆商谈书院事宜。

在重庆，蒋介石和马一浮作了晤谈，马一浮劝蒋"虚以接人，诚以开务，以国家复兴为怀，以万民忧乐为念……"（任继愈《马一浮论蒋介石》）。马一浮还见了孔祥熙、陈立夫，强调筹备书院三原则：不隶属现行教育系统，不参加任何政治运动，除拜先师外不随俗举行任何仪式。在名利唾手可得的诱惑下不为所动，不折不扣地坚持自己的人生信条和办学理念，这是常人无法做到的。难怪蒋介石"闻之愕然"；孔祥熙、陈立夫听了亦一时沉寂，难有他说。马一浮在《书院缘起》一文中指出：国之根本系于人心，人心之存亡，系于义理之明晦，义理之明晦则系于六艺之讲明与否，因此需要确立以"六经为道本"，从而拯救自己，振民育德，安定天下。

1939年9月17日，复性书院正式开讲。马一浮为主讲，驻院讲座有熊十力，受聘前来的有梁漱溟、赵熙、钟泰、张颐、黄离明、贺昌群、钱穆等。群贤毕至，人才济济，风靡云蒸。

然世事往往不以个人意志为转移。就在书院刚刚步入轨道之际，马一浮与书院的重要创议者熊十力、贺昌群有了矛盾。熊十力建议多收学生，多给学生津贴，为学生准备文凭，预谋出路，学蔡元培主持北大的经验，多习科学和西方哲学，将书院转向"国立文哲学院"或"文科研究院"，批评马一浮一味强调见性复性最终无补世用。贺昌群本是浙江大学教授，得知马一浮创办复性书院，辞职前来欲与马共打江山的。此时也觉书院学生应多习"用世之术"。马一浮却坚守自己的立场，批评熊十力"世情太深"，表明书院"谋道不谋食"，若将心思偏向功业，则必将遮蔽性德本体，不能发为充实无妄的大用。

国难当头的境遇下，有人说马一浮的思想忽闪着海市蜃楼的色彩，他的坚持、他的自信固然让人肃然起敬，可又以为他是置身在自己营造的暖房中，兰花是飘香的，牡丹是艳丽的，然没法把这清香、这艳丽赐予外面的冰雪世界，故他的思想，一面表露出出类拔萃，一面又表露为水中月镜中花。我觉得，将马一浮和他的同乡鲁迅相较，就传统文化的继承，理想世界的构建而言，马一浮是"直接孔孟"（马一浮语）贯通诸子，可谓独树一帜；然对社会、对人生的剖析，他显然不能抵达鲁迅那样的高度。由直觉上似乎可作这样理解：鲁迅的思维是"直面惨淡的人生，正视淋漓的鲜血"，和现实是零距离；马一浮的思维美则美矣，却给人一种遥远的渺茫的感觉。

时光川流不息。初心不改的马一浮和熊、贺两人的分歧一时难以统一，贺昌群遂决意离开书院。不久熊十力亦听信流言离去，马一浮眸光闪闪，说："今兄虽见恶绝，弟却未改其初心也。"言词恳切，好像是为自己的任性致歉，又好像是显露永不言败之意。此情此景令人想起犹太人——深蕴脑中的知识和信仰是万劫不移的财富，凯撒抑或上帝都无法改变它。

就在马一浮内忧未了之际，外患又至，官方和教育部也试图在各个方面插手书院事务，可面对的却是"带铁丝网的高墙"，根本无法进入。恼羞之余，当局便以停发经费施压。马一浮遂干脆撇开政府和教育部，以"鬻字刻书"的方式筹集经费，"寓讲习于刻书"。他还捐出自己所有积蓄作刻书基金，想给最后的一根稻草提供足够的浮力，以便稳住书院渐渐下沉的身躯。

在大敌当前，物力维艰，经营惨淡的境况下，马一浮居然刊刻了"儒林典要"和"群经统类"两大项近三十种先儒典籍，使之流布人间，让人不钦敬也难。

马一浮天资不凡。1898年（光绪廿四年），16岁的他在乡亲的陪同下赴绍兴县城参加县试。马一浮家到船埠有十多里路，他个子矮小，走不了多远就要稍息，那乡亲急了，就让他分开两腿，挎坐在自己的肩头上，于是，两人合成了一人，在阳光的抚摸下，大踏步赶往。谁也没有想到，在五百多名考生中，第一个交卷又位列秀才榜首的明星级角色竟是这个稚气尚未脱尽的孩子。同考的周作人在《知堂回忆录》中有这样一段记载：

……会稽十一图，案首为马福田，予在十图第三十四，豫才兄在三图第三十七。这里须得说明，马福田即系浙江名流马一浮也。

1903年6月，马一浮被清政府聘作驻美使馆留学生监督公署秘书，回国时，他带回马克思《资本论》的德文本和英文本，分送给好友谢无量和上海的"国学扶轮社"，成为将《资本论》带进中国的第一人。1957年，苏联主席团主席伏罗希洛夫访华，周恩来陪他游览西湖后同往蒋庄，拜访马一浮，说这就是"我国当代理学大师"。马一浮在学术思想上的代表作《复性书院讲录》和《尔雅台答问》亦被第二代新儒家代表人物徐复观称为"熔铸六经，炉垂百代，以直显孔孟真精神的大著"，"可上比朱元晦、陆象山诸大师而毫无愧色",是"月印万川"的人格与思想的表现。

新中国成立后,马一浮虽再无系统的著作或讲录问世,也未积极参与社会政治事务,可也没有像一些文化名家,发表自我侮辱的文章,更没有在"反右""文革"诸运动中落井下石。而对政府的尊重和礼遇,却总是以联、诗明志,显现他独有的生活方式和处世之道。

1964年政协会议,毛泽东邀请马一浮、熊十力等老先生座谈,后特与马一浮谈论古代诗歌。马一浮对人说中共领导人中,他较欣赏毛泽东和陈毅的诗词,"不假修饰""出于天才"。会议后,毛泽东在中南海怀仁堂举行耆老会。在周恩来的引见下,毛泽东首先与马一浮握手,边说:"久仰大名,久仰大名!"宴会上,毛泽东坐主人席,马一浮坐主宾席,旁边是周恩来、陈毅和粟裕等人。深感温暖的马一浮书赠对联感谢毛泽东和周恩来的关怀礼待。

使有菽粟如水火,

能以天下为一家。

(毛主席莞正。野老马蠲叟赠言)

旋乾转坤,与民更始;

开物成务,示我周行。

(集《易》《诗》《汉书》《宋史》句,赠毛泽东)

大海有真能容之量,

明月以不常满为心。

> 选贤与能，讲信修睦；
>
> 体国经野，辅世长民。

（集《周礼》《孟子》《礼记》句，周总理鉴证，马蠲叟赠言。）

当时正值举国上下个人崇拜成风，儒学被拟判成封建思想。体悟了万物至理，看到了人间胜景的马一浮却用儒家名言寄赠毛泽东、周恩来，寓意深焉。（见《马一浮》77页—78页）

众所周知，《宋史·杨时传》有"程门立雪"的记载。说的是进士及第的杨时赴洛阳欲拜程颐为师，到程家时，程颐正坐着打瞌睡，杨时就与同学游酢侍立在门外等候，待程颐苏醒，门外积雪已有一尺多厚了。殊不知，当代，还有"马门立雨"之事。

1950年，时任上海市市长的陈毅知悉马一浮乃近世学者中的泰山北斗，遂登门拜访。据传，那天陈毅专着长衫与浙江省一位领导同行至蒋庄。马氏家人告知先生正在休息，请客人稍待。陈毅便说不要惊动马先生，待会儿再来。当他在就近的花港公园转了一圈，再次来到蒋庄时，马先生仍未苏醒，天却下起了蒙蒙细雨，马先生家人请他俩进屋，陈毅却说："未得主诺，不便遽入。"遂立屋檐下伫候，直到马一浮先生醒转。

> 不恨过从简，恒邀礼数宽。
>
> 林栖便鸟养，舆论验民欢。
>
> 皂帽容高卧，缁衣比授餐。
>
> 能成天下务，岂独一枝安。

这是马一浮赠给陈毅的一首诗。诗中"鸟养"典出《庄子》，意善养鸟的人能让鸟自己栖养山林，喻陈毅理解他隐居林下的情志。陈毅对于马一浮亦是竭尽政府尊老养贤之意。

沧海桑田，时光飞转。1966年，"文化大革命"以疾风狂飙之势席卷全国。8月，"红卫兵"来到西湖四大庄园之一的蒋庄，对寄居在那里的马一浮采取"革命行动"，将他加上"反动学术权威"的罪名予以抄家。难以数计的古书字画尽被点火焚烧，熊熊大火烧了几乎一整天，当浙江图书馆和博物馆有关人员闻讯赶至，无奈中，以"保留罪状，用作批判"之名，才抢救出了残存的三千余册藏书。事后，又有别有用心的造反派声称"人民公园不许住封建遗老"，将视物模糊步履艰难的马一浮逐出蒋庄并将一应贵重家具和唐代古筝等历史文物扫荡一空，住所内犹似被洪水冲刷过一样。这一切，于马一浮来说，无异是领受了一次酷刑，但他只是冷然一哂，说："人性本善，为恶的只是习蔽所惑。"他以儒者的立场，坚持将人性、心性作为根本性、基础性的问题来思索，把人对财富的欲望，人性的无止境的悸动、贪婪都一眼看穿。他用超越那癫狂时代毁灭文化薪火的心性义理和泰然自若的举止，为我们提供了人格至尊的榜样。他虽置身乌云压城城欲摧的处境，仍写下了以祖国命运前途为念的诗篇：

语小焉能破，诗穷或易工。

百年驹过隙，万事水流东。

尚缓须臾死，因观毕竟空。

栋桡方欲折，谁与问鸿蒙。

这里，"栋桡方欲折"指周总理、陈毅外长的处境，他是为国家的命运操心！

翌年，即1967年，85岁的马一浮先生胃部大出血，住进浙江医院，6月2日，曾经的许多不足为外人道的空白和遗憾在他的脸上散去，留给世人的唯一字迹欹斜的绝笔诗《拟告别诸亲友》：

  乘化吾安适，虚空任所之。
  形神随聚散，视听总希夷。
  沤灭全归海，花开正满枝。
  临崖挥手罢，落日下嵫磁。

全诗蕴含对人生真谛的透彻了悟和心性义理的圆融造诣，意境深邃、旷达而又从容，"花开正满枝"乃诗的点睛之笔，既表露性德的洁净璀璨，又可引申作，我虽逝去，祖国百花园中的繁花仍会欣欣向荣、万紫千红。他坚信，在理想世界中熠熠闪亮的一弯新月，一定会光耀于祖国的天空。这也是一个思想家留给世人的心语。

《马一浮》书的封面，正中是一幅肖像。他天庭饱满，长髯飘拂，望之俨然；一双深邃而神光毕现的眼睛注视着你，仿佛在说："不务速化，而期以久成。不矜多闻，而必求深造。唯日孜孜，如恐弗及，因时而惕，虽危无咎。如是，则气质之偏未有不能化，学问之道未有不能成者。"（封面右侧）

若有所悟的我，再次和他的眼神对视，虽只短短几秒，可像触电一样，精神又是一振。诚然，新儒学并非是放之四海而皆准的真理，为之鞠躬尽瘁的他也并非是救世主，仅是一位思想家，一位诗人。然这幅肖像却珍藏入我心灵的相册中，并给人一种宗仰的感觉。这兴许也是马一浮先生超尘拔俗的地方。

·佩弦先生的背影
——朱自清

在北京，文学馆路 45 号的大院内，绿意流淌的花园中，散列着一些近现代文学大师的铜像：鲁迅、茅盾、巴金、冰心……这些铜像中，有一尊坐落在"鲁院"和文学馆间的池塘旁，但见他面对池塘，一派思索的模样，大理石刻就的荷花在他脚边盛放。此情此景一入眼帘，我就想到了《荷塘月色》，继而又想到了他入选多种文学选本的文章；《世界最美的散文大全集》一书，有 44 个印张，囊括了中外 122 位现当代的一流大家、学者，封面署名竟为朱自清等著，可见他的声誉实不同凡响。

然而，将其文其人纳入我重要的学习日程，却是最近的事。

今年（2020）元月。新冠肺炎入侵华夏大地。"严防死守"已是每人必修的课程。遵命宅家的我在阅读《别了，司徒雷登》一文中，看到了毛泽东对"一身重病，宁可饿死，不领美国的'救济粮'"的朱自清的颂赞，说他"表现了我们民族的英雄气概"，号召人们应当"写朱自清颂",向他学习。我不由思量:朱自清固是响当当的大家,但归根结底总是一个文化人,怎会受到伟人如此热烈的推崇呢?于是,我开始静下心来,聆听先生远在天外的灵魂的细语,全神贯注他留在岁月中的深深浅浅的脚印。

朱自清,原名自华,号秋实,后改名自清,字佩弦;1898年11月22日出生于江苏省东海县(今连云港市东海县平明镇);他说"浙江绍兴是我的祖籍或原籍,我从进小学就填的这个籍贯"(朱自清:《杂文遗集》)。

1916年夏,朱自清考取北京大学预科,校长是蔡元培先生。于是,那蜿蜒在浓翠中,环绕于教学楼间的小路,遂有了他风雨无阻的身影。全新的境遇、全新的氛围、全新的师友、全新的观念,不仅开拓了朱自清的学术视野,更启示和陶冶了他立身处世的精神,"读书不忘世间事,万家忧乐在心头"充盈于他的胸膛。

翌年冬天,朱自清71岁的祖母在扬州病逝;而在徐州任烟酒公卖局长的父亲又被卸了职,思及祸不单行,朱自清不由一阵心酸。匆匆赶回家中,办毕丧事,他又忙着回京,正好父亲朱小坡要到南京谋生,父子遂相偕同行。在南京火车站,做父亲的帮儿子选定了靠近车门的座位,叮嘱他沿途留神,遂下车去买橘子。

做父亲的身体本就很胖,穿上黑布大马褂、布棉袍,就臃肿十分了。当他穿过铁道往月台上爬,真是难为了他:"他用两手攀着上面,双脚再向上缩,他肥胖的身子向左微倾,显出努力的样子。这时我看见他的背影,我的泪很快地流下来了……"

这就是朱自清写在 1925 年 10 月,被叶圣陶看作"人不能轻易一字"的散文《背影》中的实情。从此,泪眼迷蒙中,那浸润着血缘,饱蕴着挚爱的父子深情,好像一块被记忆凝固的琥珀,留存在我的心田,时光损伤不了,岁月也难以稀释。

朱自清回到北大,校园气象已是暖烘烘、热腾腾。"随着政治上的变动和外交的吃紧,随着新旧思想斗争的展开,(学生运动)就一天比一天开展,一天比一天活跃。平常,除了《北京大学日刊》每天出版外,还有在宿舍的影壁上、墙上,随时出现的海报、布告等,有人发出什么号召,就有人响应;说开会,就有人去。"(杨晦:《五四运动与北京大学》)在当时的时代潮流中,北大显然已是领军人。

1919 年 1 月 8 日,巴黎和会召开。满腔热望的中国人民迎来的却是泼头盖脸的冷水:七项希望条件被废;"二十一条"依然存在;山东权益照日本所说。这丧权辱国的消息一经披露,就像千涧万溪都争先恐后汇往大河长江一样,北京十三所学校三千多名师生在北大的领衔下,于 5 月 4 日涌上长街,手中的小旗飘拂成彩色的海洋。

朱自清自是当仁不让。在"保我主权""还我青岛""取消二十一条"的震天呼声中,在赵家楼前熊熊烈焰的映照下,这位在师友们眼里为人谦逊、性情平和、洁身自好的年轻人突破了原本的人生范式,关于苦难关于希冀关于光明的思绪,在风暴的洗礼中喷薄而出:

　　风雨沉沉的夜里,
　　前面一片荒郊。

走近荒郊,

便是人们的道。

呀！黑暗里歧路万千,

叫我怎样走好?

"上帝！快给我些光明罢,

让我好向前跑！"

上帝慌着说,"光明?

我没处给你找！

你要光明,

你自己去造"！

乳虎初啸。朱自清在这首《光明》的诗中,即显现了不拘一格的历史洞见。示威、呼号,虽不能表明黑暗的当局就要崩溃,但朱自清已是明白：一切真正美好的东西都要从努力和斗争中去创造,美好的将来也要用同样的方式去取得。惟其如此,在人生的任何场合就都要站在第一线战士的行列里。

一年后,朱自清得心应手地通过了毕业考试。四年的哲学系课程他只用了三年时间就全部修完。

在北大代理校长蒋梦麟的举荐下,朱自清走上了教书育人之路。

他的第一站是浙江第一师范学校,地处杭州下城。当时,"胖胖的,壮壮的,个子不高却很结实"的朱自清还只有23岁,和大龄学生的年纪相仿,步上讲台,不免觉着紧张。嵊籍著名作家魏金枝那时还是他的学生,回忆说："一到学生发问,他就不免慌张起来,一面红脸,一面急巴巴地作答,真要到问题完全解决，才得平静下来。"（《杭州一师时代的朱自清先生》）这一细节让人想起了沈从文。沈从文虽只小学毕业，但自学成才，《语丝》《晨报》《现代评论》时常发表他的文章，轻灵自然的文字深受读者喜爱。时任中国公学校长的胡适遂聘他作讲师。为上好第一堂课，他精心编写了讲义，但在满是学生的教室里，仍紧张得只顾照讲义宣读，忘了内容的补充和发挥。结果只用了十分钟就讲完了课程。怔愣中，他用粉笔在黑板上写下："请大家原谅，今天是我第一次上课，人很多，我害怕了！"同学们瞧着他呆呆地站在一边的憨相，发出了善意的笑声。事后，胡适并未求全责备，认为做人坦诚比虚饰更重要。

此后，朱自清遂辗转于扬州江苏省立八中、上海中国公学、台州浙江第六师范、温州浙江十中。出于对学生的挚爱，凡有人提出要求，他都全力以赴，不管多大代价。在白马湖春晖中学，指导学生写作，朱自清是以身说法。他鼓励学生说："你们不要怕文章写不好，我的第一篇在刊物上发表的长诗《毁灭》，就是投了又退，退了又改，反复四五次才得以录用的。"他还将自己的实践经验告诉学生，写景记事要具体细腻，要写出自己的独特感受，要仔细观察深入思考，"要看出而后已，正如显微镜一样"。有次，学生王福茂照他所说写了篇《可笑的朱先生》，对朱自清作了这样的描述：

> 他是一个肥而且矮的先生，他的脸带着微微的黄色，头发却比黑炭更黑；近右额的地方有个圆圆的疮疤，黄黄地显出在黑发中；一对黑黑的眉毛好像两把大刀搁在他微凹的眼睛上。讲话的时候，两颗豆一样大的

白齿鲜明地露出,他的耳圈不知为何,时常同玫瑰色一样。当他在黑板上写字的时候,看了他的后脑,似乎他又肥胖了一半。最可笑的,就是他每次退课的时候,总是像煞有介事的从讲台上大踏步的跨下去。走路也很有点滑稽的态度……

朱自清在批改到这篇作文时,不仅没有对学生的"揭疮疤"感到恼怒,反而画了许多表示赞赏的双圈。还拿到教室读给大家听,让学生判定写的是谁,像不像。当同学们齐声说"像"后,朱自清就说这篇文章是成功的,是大家学习的榜样。(严禄标:《朱自清在春晖中学》。)

时光易逝,屈指一算,朱自清离京已有五年。这次,他应好友俞平伯之邀请,重回北京,去清华大学任国文系教授。

清华大学建在北京西北部的清华园,环境幽雅清静。本是端王载漪的王府,因主抚义和团载漪被流放新疆,王府亦被充公,1911年被当局选作"清华留美预备学校"校址,1925年增设大学部,朱自清遂应运就聘。

朱自清此时已是声誉鹊起,但上课时他对自己的成就却只字不提。有时,同学们盯住他不放,他才轻描淡写地说:"我写的是些个人的情感,大半是的。早年的作品,又多是无愁之愁,没有愁偏要愁,那是活该。就让自个儿愁去罢。"而一见新人新作,则唯恐绍介不及,臧克家的《烙印》和张天翼的《鬼土日记》一问世,他就在课堂上宣讲了。讲到张天翼时,他说是浙江人,第二次上课当即纠正:"请原谅我,我上次说张天翼是浙江人,恐怕错了。有人说他是江苏人。还弄不清楚,你们暂时空着罢。"

多年后，弄清了张天翼原籍湖南，父母住浙江，姊姊嫁江苏，悬着的心才落了地。

朱自清的严谨学风和高洁人品，深得师生爱戴。挚友杨振声说，他"那么诚恳、谦虚、温厚、朴素而并不缺乏风趣。对人对事对文章，他一切处理得那么公允、妥当，恰到好处。他文如其名，风华是从朴素出来，幽默是从忠厚出来，腴厚是从平淡出来"。

在清华，朱自清既"一心专教圣贤书"，也"两耳细闻窗外事"。1926年3月18日，北京二百多个社会团体，十多万群众举行反对八国最后通牒示威大会。当游行队伍行至执政府门前空场时，突听得警笛声声，排枪齐放。一发子弹尖啸而来，朱自清身边同伴立仆，挣扎了几下，不再动弹。朱自清的马褂和脸上尽是迸溅的鲜血和脑浆。警笛再鸣，排枪再响，惊呼声惨叫声响成一片。地上躺下了不少尸体。人群四散蜂拥践踏。倒地的朱自清拼尽全力挣扎爬起，幸免于难。

这就是震惊中外的"三一八"惨案，也是"民国以来最黑暗的一天"（鲁迅语）。那夜，勾魂摄魄的枪声，撕心裂肺的哭喊，组成了索引，比政治教材更加震撼地刻上了朱自清的心间，既有泪的浸染又有血的控诉的《执政府大屠杀记》终将段祺瑞政府押上了历史的审判台。嗣后，他又写了《忆韦杰三君》一文，痛悼清华遇难学生韦杰三，他当场遭到枪击，连中四弹，是同学们拼死将他抬回来的。他国文课分在别班，曾想转到朱自清的班上，但没成功。他家境贫困，父亲年老，幼弟失学，自己的学费也是半靠休学教课，半靠借贷。那天早上，他还微笑着向朱自清点头问好,可却再无见面之期了。

朱自清是个十分重感情的人,他对俞平伯说:"在狭的笼里唯一的慰藉,自然只有伴侣了。故我们不能没有家人,不能没有朋友,否则何可复堪呢。"(朱自清:《信三通》)故1935年,朱自清亲自参加了清华学生发起的"一二·九"抗日救亡运动。一天深夜,朱自清正想就寝,忽闻急促的敲门声,开门一看,竟是几个惊慌失措的女学生。原来,军警在校大搜捕。朱自清夫妇赶紧为避难学生张罗住宿,使她们逃过一劫。

朱自清从步上讲台伊始,他担任的重要角色,既是教师、教授、系主任,又是作家,学者。他和同为文学研究会的叶圣陶、俞平伯、刘延陵编辑出版了中国现代文学史上第一家诗刊《诗》,"为人生""为民众"的呼声替中国新文化创造了美不可言的史迹。动荡的社会现实和丰富的人生阅历使他的创作奇峰突起。长近三百行的诗歌《毁灭》在《小说月报》上一发表,俞平伯即赞赏它"把一切的葛藤都斩断了,把宇宙人生之谜都拆穿了,他把那些殊途同归的人生哲学都给调和了"。抒写自己"独得的秘密""新异的滋味"的散文亦竞相而出。"满船尽是历史重载"却又"满载着怅惘"的《桨声灯影里的秦淮河》;"越看越爱,掉进去也是痛快的事"的梅雨潭的《绿》;"月光如流水一般""叶子和花仿佛在牛乳中洗过一样"的《荷塘月色》……那一种在文字中从容行走且颇为优雅的姿态,那一种怡然自得而又形象生动的表达,对读者来说无异是一种称心如意的满足,是一种十分难得的美的享受。而《生命的价格——七毛钱》则似一把锋利无比的手术刀,将"得了七个小钱,就心甘情愿的将自己的小妹子捧给人家"之人间惨剧解剖给人看。人类蒙昧时代的罪恶竟堂而皇之地重现在文明的进程中，重现在20世纪30年代，"这是谁之罪？这是谁之责？"怒不可遏的吼声响彻云天！铭刻着他生命印记和青春点滴的《踪迹》（诗与散文的合集）由上海亚东书局出版后，郑振铎评说："远远的超过《尝试集》里的任何最好的一首，功力的深厚，已决不是尝试之作，而是用了全力来写着的"《五四以来文学上的论争》。郁达夫在《中国新文学大系散文二集·导引》中尤说："朱自清虽则是一个诗人，可是他的散文仍能满贮着那一种诗意，文学研究会的散文作家中，除冰心女士外，文章之美，要算他。"至此，纵然你是当代文坛中的一员，能不油然而生妒意？妒嫉他那支纤细的笔管竟能流淌出如此沁人的芳泽，继而叹服：这样的笔墨自能兀立于文山之巅。

1937年7月7日。北平西南宛平县的卢沟桥附近。日寇侵略的枪炮声响成一片，中华民族的历史被打出了一个大窟窿。

8月5日，荷枪实弹的日本兵开进了清华园。清华师生在刺刀的淫威下被迫离开北平，和北大、南开同往长沙建临时大学。朱自清任中国文学系主任兼系教授会主席。后南京陷落，危及长沙，临时大学又撤至昆明，教育部下令，改为西南联合大学。百余间教室和宿舍，虽都是垩土为墙，茅草盖顶，设施简陋，还不时遭受日机突袭，但在教学上，朱自清不仅仍然一丝不苟，而且到了苛求的程度。一天，他拉肚子，但仍夤夜批改作业，妻子劝他休息，他说："我已答应明天发给学生作业。"妻子只好在他桌边放个马桶。他边拉边改，至天明，脸色焦黄，眼窝深陷，迈步竟像踩在棉花上一般。即使这样，他还是拎起书包前去上课。他忘不了那一双双求知的眼睛。在如今的西南联大纪念馆，收藏着几篇朱自清先生修改的作文，其中一篇题目为《我这个人》，虽只千余字，批改的地方却有四十多处，差错和出色的地方都以不同的符号标注清楚，工作的认真和严谨由此可见一斑。贝弗里奇说过："人们最出色的工作往往在处于逆境的情况下做出。"对朱自清来说，思想上的压力，甚至肉体上的痛苦都可能成为精神上的催化剂。

朱自清身体衰弱，生活清苦，但极有骨气，他说："穷有穷干，苦有苦干，世界那么大，凭自己的身手，那儿就打不开一条路？何必老是向人愁眉苦脸唉声叹气的！"有一次，他翻阅北平出版的刊物，偶尔发现上面有俞平伯的文章，内容虽没什么大不了，但心里仍感不妥，因为他认为，在这烽火连天的岁月，知识分子应是朔风中的劲草，不应在沦陷区刊物发文。遂立即去信劝说。后再去信恳提："前函述兄为杂志作稿事，弟意仍以搁笔为佳。率直之言，千乞谅鉴。"俞平伯在《诤友（朱佩弦兄遗念）》文中感动莫名地说："非见爱之深，相知之切，能如此乎。"

抗战胜利后，国民党政府紧锣密鼓部署内战，朱自清与同仁合作拍发《国立西南联合大学张奚若等十教授为国共商谈致蒋介石毛泽东电文》；当局却置若罔闻，并制造了多起绑架、暗杀反对内战要求民主的爱国学生，春城昆明亦是风狂雨横、杀气腾腾。

1946年7月11日夜，雨水放肆地撞击着地面，发出令人心悸的颤音。9时49分，南屏大戏院电影散场。中国民盟负责人之一、教育家李公朴和夫人从影院步行至南屏街乘上公交车返家。车至青云街学院院坡处停下。就在李公朴刚要下坡之际，突遭无声手枪袭击，弹由后腰入，前腹出，虽经抢救，无力回天。15日傍晚，闻一多在民盟滇支部为李公朴被害招待记者会上痛斥国民党破坏政协决议，发动内战的罪行。5时10分，他同前来接他的大儿子闻立鹤走到距西仓坡联大宿舍只十步远处，遭便衣特务连续枪击，闻一多全身中弹，血若泉涌，当即牺牲。立鹤扑父亲身上呼救，亦被击伤。悲愤难遏的朱自清提起搁置了20年的诗笔，写出了《悼一多》的新诗，诗的最后一节写道：

你如一团火，

照亮了魔鬼；

烧毁了自己，

遗烬里爆出个新中国。

朱自清从闻一多这"一团火"中，认识到人只有献身于社会，才能找出那短暂而有风险的生命的意义；认识到人生只有像闻一多那样燃烧起来，岁月才能由寡淡的"水"变成浓烈的"酒"。临返京前，朱自清还冒着危险去蓉光大戏院出席李公朴、闻一多追悼大会，他的演讲博得雷动掌声。他的义举让人想起诗人顾成写的诗歌《一代人》："黑夜给了我黑色的眼睛/我却用它寻找光明。"

1948年，人民解放军战略大反攻的炮声震撼着华夏大地。国民党政府一面负隅顽抗，一面滥发纸币，物价恍若上升的气球。为了安抚知识阶层，当局专门颁发了一种配购证，可用较低的价格购买"美援面粉"，这对时已山穷水尽的教授们来说无异是一大"福音"。

6月18日。罹患胃梗阻但无钱手术的朱自清正佝偻着身子枯坐在滕椅里，同事吴晗来到他家里，将一份《抗议美国扶日政策并拒绝领取美援面粉宣言》递给他看。上面写着：

> 为反对美国之扶日政策，为抗议上海美国总领事卡德和美大使司徒雷登对中国人之诬蔑侮辱，为表示中国人民之尊严和气节，我们断然拒绝美国具有收买灵魂之一切施舍之物资，无论购买的或给予的。下列同人同意拒绝购买美援平价面粉，一致退还配给证，特此声明。
>
> 三十七年六月十七日

朱自清喘着粗气看罢全文，眼神凝重。他知晓，所谓美援，哪里是雪中送炭，而是裹着糖衣的迷魂药，一旦服下，那么，所有的思维都将改弦易辙，重构成可怕的幻景……于是，他强摄心神，伸出哆嗦的手，握住笔管，努力地在《宣言》上署上自己的名字。他明白，在拒绝美援和美国面粉的宣言上署名，表示着每个月的生活费用又要多支出六百万法币。这对本就捉襟见肘的家庭来说，无异于是避坑落井，但他"坚信我的签名之举是正确的。因为我们反对美国扶植日本的政策，要采取直接的行动，就不应逃避个人的责任"。为了这个责任，他义无反顾把病得只有38.8公斤的身子豁出去了。

如此羸弱的老人，如此颤颤的身子，居然有如此悲壮之举，其气节、其风骨，丝毫不亚于"风萧萧兮易水寒，壮士一去兮不复还"的荆轲；不亚于"我劝天公重抖擞，不拘一格降人才"

的龚自珍；不亚于"我自横刀向天笑"的谭嗣同。我觉得，他在伟人眼里，已是一个思想者，一个新民主主义战士；一个值得信赖的"同志"，而不啻是一个文化人。他的人生道路的选择堪称是一条"知识分子的道路"。

1948年8月12日。原本那红焰焰、不知疲倦地挥洒着光热的太阳，渐渐被薄雾浓云所遮掩。北大医院，洁白的病房一片静谧。11时40分，一代文宗朱自清先生像一颗行星升往浩瀚的天宇。此时，他钱包中只有七万法币，在当时还不够买一个烧饼。真是人神共哭，天地同悲。

朱自清先生说过："知识分子的道路有两条：一条是帮闲帮凶，向上爬的，封建社会和资本主义社会都有这种人；一条是向下的。"他用生命证明了自己向下走的道路是正确的，由衷的；他竭尽毕生之力，终成创作有精美艺术品般文字的大作家；终成为中国大学文科建设作出卓越贡献、培养出诸如王瑶这样博古通今的学者的大教授；终成以文化人的良知搏击着整个时代灰暗的民主战士。

朱自清先生"教书三十年，一面教，一面学，向时代学，向青年学，生能如斯，君诚健者；生存五一载，愈艰苦，愈奋斗，与丑恶斗，死而后已，我哭斯人。"（许德珩）……

先生未死，永是良师。

附录
FULU

·蘸着真情写文章
——对话邢增尧

周 珍

周：邢先生，您好！近来，我们正在为争创国家开放性大学作准备，在梳理材料时，看到了关于您的资料。1999年，教育部、中央广播电视大学授予您"全国广播电视大学优秀毕业生"荣誉，2009年，浙江广播电视大学授予你"百名杰出校友"荣誉，并任命您为校友总会理事。您担任过嵊州市文艺家协会副主席，现在是绍兴市杂文学会理事，北京《作家报》特约编委。今天，我想向您学习，和您好好叙叙。

邢：谢谢周主任。

周：我们读过您的不少作品，对您的写作经历很感兴趣，现在，先请您谈谈您是怎样走上写作之路的。

邢：我从小嗜书如命，从高小开始，《水浒传》《说岳全传》《子夜》《鲁迅小说诗歌散文选》等，好多书籍一上手就放不下，就像上了瘾，对作文也就有了兴趣。到了中学，就更加入迷了。有次，可能是初二吧，我在浙江《俱乐部》上瞧见了一组歌谣，觉得有话要说，遂斗胆写成一篇短评寄出，谁知竟被刊用了。老师在课堂上表扬了我，惊喜之余，兴趣就更浓了。待得进了公安机关，担任秘书、宣传工作，写作也就成了我生活的一部分。

周：我知道您现在主要写散文，还记得以前写小说、诗歌的情况吗？

邢：记得，1990年我在《中国商报》的副刊上发表了短小说《公事公办》，那算是我写小说的处女作。当时，该报正在举办全国"华强杯"短小说大赛，见报后，我得了个三等奖，心情真像大热天吃冰淇淋，爽极了。诗歌写作，我印象最深的是组诗《放飞的情思》，共66行，获全国"英雄颂"诗歌大赛一等奖。那是2006年，浙江省委宣传部、省公安厅、省广电集团联合举办"英雄颂"诗歌大赛，向全国征集作品，并请省作协组织评比。其实，我写得较早的还是报告文学和故事作品，1988年，我的报告文学《给小飞鱼装上翅膀》在《体坛报》上发表，一篇文章占了整个版面外加中缝。编辑说，这般规模是创刊以来第一次。从此，《流动的长城》《不负天职不负民》《采撷天地间的瑰伟》《托起一片蓝天》《魂系泥人》等报告文学作品遂在《人民公安报》《中国作家·纪实》《西湖》《野草》等报刊上亮相。后来，我成为《中国作家》签约作家，兴许也和这段经历有关。撰写故事多在20世纪90年代。

发表在《民间文学》《民间故事选刊》《故事林》《通俗小说报》等杂志上，曾二次获得上海文艺出版社、故事会杂志社联合举办的全国故事大赛奖，获奖作品还被人民美术出版社改编成连环画。那时候我真个是不折不扣的文学发烧友。

周：都说文学创作，各个门类有共通之处，是相得益彰的，看来并非虚言。现我想请您说说，在您的创作过程中，哪些作家作品对您影响最大？特别是您作为主创的散文创作。

邢：这，很难说，因为，我从来不喜欢"任凭弱水三千，只取一瓢饮"，我信奉"兼读则明，偏读则暗"的理念。我国散文，源远流长，诸子百家，《史记》《左传》，魏晋七贤，唐宋八大家，明清小品，直至近现代，名家名作难以计数，影响之说，一言难尽，单以当代来说，巴金、冰心、钱钟书、汪曾祺、贾平凹、铁凝……都风骚毕现、美文频频。那在精神激流里流淌的营养素可谓取之不尽，用之不竭。所以，就我个人来说，只要是经典之作，无论"载道"抑或"言志"，都是学习的对象，读那从笔端溢出的文字，无论是冷峻犀利、深邃思辨抑或温润平和、真挚亲切，俱得益匪浅。在这里，我想说句题外话，那就是，我曾在广播电视大学就读三年汉语言文学专业，在文学理论上收获颇丰。我以为，掌握了文学理论固然不一定能写作，但写作离开文学理论却万万不能。

周：是的，理论和实践是相辅相成的。现在我们言归散文。我喜欢您的《生死胡杨》一文，它虽然短小，可在《浙江日报》副刊上发表后，被全国中文核心期刊《语文教育通讯》和《读写天地》转载；被浙江省中考命题研究组选作2005年中考语文试卷中的"现代文阅读"题,占分竟有18分之高。嗣后,又有16个省、市或将其作为语文阅读试题,或将其作为经典考题回放,或将其作为课程改革试题,盛况至今仍在继续,影响着实不小。请问,您写作此文的初衷是什么?对您自己又有什么影响?

  邢:我最早知晓胡杨是在一次笔会中,来自西北的一位文友偶尔提及"胡杨三千年"的话语,即"活着一千年不死,死后一千年不倒,倒后一千年不腐"。当时也不太在意。随后,听到刀郎《喀什噶尔的胡杨》的歌声,就有点动心。待得那年八月,和友人来到塔克拉玛干沙漠腹地,见到了令人咋舌的生、死胡杨时,心里就不由自主地想到了"生当作人杰,死亦为鬼雄";想到了什么是真汉子,什么是伟丈夫;想到了生命的壮丽与永恒其实是无声的——无声无息地成长,无声无息地壮大,无声无息地辉煌。于是,我就想把这一切都告诉朋友们。这就是我的初衷。至于对我的影响,自是多方面的,可主要的是那种坚忍不拔、矢志不移的精神。一次,我为《中国作家》赶写一篇文章,刚写好草稿却不慎闪了腰,疼得坐卧不宁。情急中,我找来一张矮桌,左腿跪地,左肘撑桌,减轻腰部压力,硬是如期完稿。我觉得,蕴含在胡杨中的那种精神和海明威洋溢在作品中的那种"人不是为失败而生的","一个男子汉可以被毁灭,但不能被打败!"的精神有异曲同工之妙。

  周:2015年,您的散文《草根》在《美文》杂志上发表。周维强先生在《浙江文坛》"2015年浙江散文阅读札记"中说,"我读邢增尧散文可能也有十多年了,印象里这应该是他写得很好的一篇作品,和他之前写的所有散文相比,或许是有了一个质的提升。"这一万多字,我是一口气读完的,心里的感受正像周维强先生所言,"作品里从内到外生发出来的深深的同情,是平等待人所生出的同情,不是居高临下的同情。"请问,您写这篇作品的动机是怎样产生的?

邢:动机的产生源于这类事情见识得不少,一而再,再而三,思绪的水库遂决堤了。特别是那年春节前夕,遭遇了保洁员和轿车主人间的"垃圾"事情后,我心里顿生一种痛切的感觉,它促使我要把这种带着生活温度和内心体验的情景写出来,和读者交心,于是就动了笔。当然,"草根"并非一切都好,但他们毕竟"恍若哑默的小溪,运行于人世间的最底层",在煎熬中生活,是一群受苦的人。所以,我就在文中直击现实生活内里,表达人心中复杂的东西,而主旨则如周维强先生所言,在于"'草根'中美好的一面,那是人性中美好的一面,这个人性中的美好,不分等地,不分阶层,而为人类所共有。"

周:好,我们再说点近事。2016年7月,文学期刊《雨花》以"散文随笔"栏目带头稿的形式发表了您的《不屈的雄狮》,虽然说的是过往的历史,但读来依然震撼不已,您是怎么想到写海明威的呢?

邢:应该说,写海明威的第一个缘由是习主席指点迷津。2015年9月,习主席在美国西雅图演讲时说:"中国人民一向钦佩美国人民的进取精神和创造精神……海明威《老人与海》对狂风和暴雨、巨浪和小船、老人和鲨鱼的描写给我留下了深刻印象。我第一次去古巴,专程去了海明威当年写《老人与海》的栈桥边。第二次去古巴,我去了海明威经常去的酒吧,点了海明威爱喝的朗姆酒配薄荷叶加冰块。我想体验一下当年海明威写下那些故事时的精神世界和实地氛围。我认为，对不同的文化和文明，我们需要去深入了解。……"这讲话极大地增浓了我原先对海明威的兴趣。而我原先之所以对海明威有兴趣，兴许是我从海明威的作品，特别是《乞力马扎罗的雪》和《老人与海》"人活着务须要有信仰，要有永恒的价值追求"的启示中，联想到了我们当下的生活，我们当下的一些人性和社会问题。譬如：在物质如此富庶丰盈的今天，一些人却习惯用利益的剪刀来取舍一切，把"理想"视作幌子，将"英雄"当作傻子，陷入了价值混乱与历史虚无。因而，在我们自己的大师姗姗来迟之际，让我们将心灵的目光瞄向历史的星空，在对既往大师的追忆中，寻求精神与神圣的相遇。第二个缘由是美国的肯尼迪总统，古巴的国务委员会主席卡斯特罗，英国的欧·贝茨，蒋经国等不少名人盛赞海明威，加深了我的探究心理。第三是鲜为人知的海明威支持中国抗日的一页。1941年，他以PM杂志特派员身份偕妻子到中国内地采访，马不停蹄奔忙于重庆、成都、昆明和滇缅公路一带，亲历前线战事，访问国民党军政要员，还密晤中共驻重庆首席代表周恩来，称周"能干，有吸引力、聪明"，似明珠在闪光。当他获悉十万中国人仅以三个月时间用最原始的工具筑就了可供B-17重型轰炸机升降的飞机场时，分明感到了中华儿女众志成城共御外侮汇聚起的磅礴气势和惊人力量，他赞赏说："中国必能完成他想做的任何事情。"以为中国绝不是一个平凡的仅仅属于自我的国家。

　　海明威替PM杂志写了不少报道，说中国抗日带给美国的安全，无异横跨两洋的庞大海军舰队，所以美国应该援助中国，特别是空军，而且预言美国和日本的战争不可避免。

周：噢，讲得好。记得高松年先生在《98浙江文坛》中评说，"邢增尧的散文……文字精美，晶莹剔透，流转如玉"，我认为，那是语言上的肯定；2002年，您的散文集《如画人生》由出版社列入"散文百家作家书系"出版后，获首届"巴贝文艺奖"金奖，时任省作家协会主席的黄亚洲先生在给这册书写的"序"里说："增尧写父亲，写母亲，写'艺术家'般的交通警察，写清纯可爱的卖花女孩，笔触到处，皆有一种纯朴之气。这种气息是他从平平凡凡的生活中吸取来的，也平平凡凡地吐在了他的字里行间。""这种吐纳，是自然性灵的流露，很使人喜欢。"我认为，那是情感上的肯定；2009年，您的散文集《心中的芳草地》出版后，获"2012年绍兴市鲁迅文艺奖百花奖"和中国散文学会的"中国当代散文奖"，河北文学院院长老城说及此书时说，"人物叙事与心灵抒发，则在名人叙事与内心世界间建立着通舒的桥梁。读起来似乎是在对您轻轻地说，这是我想到与看到的。意趣所致，得来自然，这一番高山流水与小溪潺潺的通渡，这一番未经雕琢的璞玉之态，这一番舒缓的倾诉，让你不当他的朋友也难。"我以为，那是文风上的肯定，您觉得能否这样理解？

邢：有这层意思，但我觉得更多的应是对我的鞭策吧！

周：呵呵，谦虚，文学创作我们暂时谈到这里。下面，我们谈谈您在工作岗位上的写作。据了解，您不仅获得过市局党委授予的嘉奖和先进工作者荣誉12次，而且还获得了省公安厅

"三等功荣誉奖章"和"二等功荣誉奖章"各一枚。您能具体谈谈吗？

邢：我在前面说过，在公安机关，我主要是干秘书和宣传工作，所以从写作的角度讲，除汇报材料外，主要是写新闻报道和调研论文一类。关于新闻写作，我干了20多年，发表的稿件数以千计，见稿的报章亦从《嵊州日报》《绍兴日报》《浙江日报》直到《法制日报》《中国交通安全报》《人民公安报》，等等。1996年新春，绍兴市公安宣传工作会议在绍兴召开。会上，领导鼓励参会人员解放思想，多写稿、写好稿，努力开创在《人民日报》发表本市公安新闻的新局面。从此，我一有空，就埋头琢磨报文特色，体悟个中真谛。是年3月，一篇题为《绍兴实行交警错案追究制》的新闻终于在《人民日报》华东要闻版上亮相。至于调研报告和公安论文，我的确是下了功夫的，发表的文章也不少，《嵊州公安交警做好基层思想政治工作的调查》《交警基层部门宣传思想工作的哲学思考》《浅谈交通肇事逃逸案的成因与治理》等刊登在中国《世纪教科文》《平安时报》《浙江道路交通管理》诸报章杂志上。理论文章《新时期治理超载顽症的思考》入选中国道路交通安全协会和德国梅赛德斯——奔驰中国有限公司合编的《道路交通事故预防国际研讨会论文汇编》；《关于公安交巡警部门创人民满意活动的实践和思考》发表后被"中国专家大辞典编辑部"编入《当代专家论文精选》；另有多篇论文入选中央党校编辑的《三个代表的理论与实践》，人民日报社编辑的《新世纪之声获奖作品选》等文献书籍。人民日报社还授予我"新世纪开拓者"

的荣誉以资鼓励。

周：您写过一篇关于经典名作《子夜》的评论文章，还得了大奖，是吗？

邢：那是1997年夏，公安部倡导文化育警，在全国公安机关开展读书活动。7月，公安部政治部、人民公安报社联合举办了全国性的读书征文。我从众多的书籍中选取茅盾的代表作《子夜》，写就了《读〈子夜〉悟出：只有社会主义才能救中国》一文应征，发表在8月份的《人民公安报》上。这次征文评出最高奖"优秀征文奖"10名，"读书奖"100名。我以浙江省唯一的获奖作者身份名列"优秀征文奖"行列，第二年赴河南参加"全国公安机关读书活动表彰暨研讨会"时，应邀在会上所作的发言《读书寄语》亦被刊登于《人民公安报》上。

周：这一切很不容易。我曾经有本《成功之路》，那是我国现今为数极少的一本介绍成功科学、剖析成功范例的期刊，上面刊登有关于您的文章，从中知道了您的作品早已超过了百万字，发表的杂志有《中国作家》《散文·海外版》《美文》《散文选刊》《散文百家》《当代人》《散文诗世界》《中国报告文学》《旅游》《西湖》《野草》等，并入选《中国当代散文精选》《中国当代散文家代表作集》《散文百家精华本》《2010中国散文经典》等选本，获得了"中国当代散文奖"、"2012年全国散文奖一等奖"、"2010最佳散文奖"、中国作家"绵山杯"征文奖等全国性奖项十多次，业绩入编国家人事部的《中国人才辞典》，信息录入《中国散文家大辞典》《中国人才库》。这都是您心血的结晶，祝贺您！

邢：谢谢！说实话，我认为写作是一场生命的旅行，风风雨雨也好，五彩缤纷也罢，只不过是一个过程，需要的还是作品的质量，是作品摒弃任何附加物后的净重。过去的已是陈迹了，我希望通过努力，今后能多多写出重在创新、贵在精致，忠于内心、忠于道义并较以往有长足进步的作品来。

——国家开放大学时讯网 2016.11.16

跋
BA

    在不时仰望历史星空的日子里,我曾以散文的形式写过几篇有关的文章,发表在《雨花》《散文百家》《火花》《中国报告文学》《中国出入境观察》诸杂志上,还幸运地得了"林语堂散文奖"。在那如牛负重般的劳作中,文化俊彦的风骨、笔底流淌的风光,使我萌动了创作《越地诗章》的愿望。

    历史文化散文与一般散文的写法有所不同,《越地诗章》作为较系统的历史文化散文集,它应当真实展示主人公的人格理想和行为风范,应当真实显现其家国情怀和心路历程。所以,撰写中,对史实的挖掘、解读固然重要,但构建观察历史的独到视角,用思辨的目光回望他们生活的时代,探究其中深邃的意蕴,汲取内里富含的精华,在扬弃中筑基开新却更为紧要。

    在全书的行文中,我特别注重主人公与大时代的关系,包括当时的政治背景、经济状况、思想动态、人物纠葛等，力求尽可能地还原历史现场和时代体温，尽可能地采撷当事人尚未被人揭示过的沧桑之美、辉煌之美，从而为其打上创造性的理性印记。刘勰在《文心雕龙·神思》中说"独照之匠，窥意象而运斤"，认为这是"驭文之首术，谋篇之大端"，确为真知灼见。

如今，只要提起王羲之，人们首先就会想到他是书圣；提起徐渭，人们首先就会想到他是画坛宗师。故一旦动笔，书法和绘画艺术就成了不可或缺的一页。然难以为情的是，我学习书法和绘画，多是读中学、小学时候的事，待到迈入大学门槛，就若即若离了，怎么也没有想到，有朝一日竟需浓墨重彩地抒写书坛、画界中超尘拔俗的人物。因而，在我拟写书稿篇目时，心里便难免忐忑。好在一直以来，我对书法和绘画都颇为喜爱，自忖尚不是书盲、画盲，而且又有许多书籍可供学习，也就大胆起来。于是，我抓紧时间，力补书法和绘画知识，竭力提高自己的学养。待得这两篇文稿写就，觉得还算差强人意，方吁出一口气。

尝读张怀瓘《书议》，云："古之名手，但能其事，不能言其意。今仆虽不能其事，而辄言其意。"不由笑从中来，记在这里，聊掩脸红。

一部著作得以问世，是应感谢不少人的。我要感谢嵊州市委宣传部领导的关心和支持；感谢老城先生的热忱指导和尹浩先生的悉心策划；感谢黄明发先生、李弘先生的殷殷勉励；感谢卢祥富、徐忠良、支孟霄、郑剑夫、吴一赞、裘雁飞、李乐铭诸位师友的帮衬;当然,也要预先感谢读者朋友的光顾和品评。正可谓:满纸真言,一片心意;惟望诸君,善解其味。

邢增尧
2021 年 6 月 27 日于越地嵊州剡溪之畔